BRIGITTE MINNE

LE JOUR OÙ J'AI RENCONTRÉ UN ANGE

Illustrations de Carll Cneut.

Fonds flamand des Lettres

Cet ouvrage est publié avec le concours
du Fonds flamand des Lettres
(Vlaams Fonds voor de Letteren – www.vfl.be)

Titre original :
En toen kwam Linde

info@alice-editions.be
www.alice-editions.be
ISBN 978-2-87426-057-5
EAN 9782874260575
Dépôt légal : D/2007/7641/5
Imprimé en Belgique (Union européenne).

BRIGITTE MINNE

LE JOUR OÙ J'AI RENCONTRÉ UN ANGE

TRADUIT DU NÉERLANDAIS PAR EMMANUÈLE SANDRON

LES ROMANS
ALICE
JEUNESSE

BRIGITTE MINNE

Brigitte Minne, née à Bruges en 1962, est germaniste. Elle est l'auteur de plus de cent cinquante albums et romans traitant le plus souvent de thèmes psychologiques. Ses livres ont été couronnés à de nombreuses reprises par des jurys en Flandre, aux Pays-Bas et en France. Plusieurs de ses textes sont illustrés par Carll Cneut. *Roodgeelzwartwit* (*Rougejaunenoireblanche*, Pastel, 2002) a reçu en France le prix Octogone du meilleur livre d'illustration. Elle est également réalisatrice réputée d'émissions de télévision pour les enfants.

Brigitte Minne a notamment publié *La fée sorcière* (Pastel, 2000), *Le plus joli derrière* (Mijade, 2002), *Quand Pati pleure* (Pastel, 2005) et *Dors bien Rosalie* (Pépin, 2005).

SOMMAIRE

CHAPITRE I
LE PANTIN

Depuis des jours et des jours, il fait un soleil de plomb. L'été est torride. Ma chambre est perchée tout en haut de la maison, juste sous le toit. La chaleur y est insupportable. Ici, il fait frais, heureusement. Les coussins du canapé sont doux… Je suis content d'être là.

Avant, il aurait été hors de question que je dorme dans l'atelier. À cause des relents de peinture qui y flottent en permanence et de mon père qui fume cigarette sur cigarette. *Beaucoup trop malsain pour un enfant !* disait ma mère.

Les cigarettes de mon père puent, d'accord, mais l'odeur de sa peinture est géniale. Le drap tiré jusqu'au menton, je l'observe à la dérobée. Il a perdu pas mal de cheveux, à ce que je vois. Son crâne apparaît çà et là. Et il a des pattes-d'oie sous les yeux. Je ne les avais jamais remarquées.

Mon père regarde sa toile, ses tubes de peinture, puis sa palette toute barbouillée, à la recherche d'une couleur pour la culotte du pantin qui pend mollement à ses fils. Son personnage est d'une tristesse ! Étrangement, leurs deux visages se ressemblent beaucoup.

Mon père laisse courir son regard sur les tubes de peinture en tirant sur sa cigarette avant d'expirer lentement la fumée. Des volutes bleues s'élèvent dans l'air. Par la fenêtre entrouverte, un petit vent pousse le nuage de fumée vers l'intérieur de la pièce et finit par le dissiper.

Mon père regarde au dehors. Le soir tombe, et je sais qu'il pense qu'il n'y a plus assez de lumière pour continuer à travailler. La culotte, ce sera pour demain. Un à un, il trempe ses pinceaux dans une vieille boîte de conserve remplie de térébenthine, il les sèche avec un chiffon, puis il effile les pointes à l'aide de son pouce et de son index humectés de salive et de colle à papier. Ensuite, il les range soigneusement dans leur bac de bois. Il a toujours été méticuleux avec ses pinceaux.

Étonnant car, pour le reste, mon père, c'est le roi de la pagaille ! Certains jours, ma mère disait qu'il allait la rendre folle. Quand il laissait traîner ses chaussettes sales sous le lit pour la centième fois… Ou quand il recouvrait le miroir de la salle de bains de mille et une éclaboussures blanches parce qu'il crachait de trop haut dans le lavabo en se brossant les dents… Ou quand il laissait traîner des tasses dans toute la maison et qu'il n'en restait plus une seule dans l'armoire à porcelaines…

L'année dernière, pour son anniversaire, elle lui avait offert une grande tasse accrochée à un collier. Quand il avait déballé son cadeau, il avait fait la tête, mais, après quelques verres de vin, le récipient se balançait sur son ventre. Maintenant, il n'oserait plus : il aurait bien trop peur de la casser, sa précieuse tasse ! Les objets qu'il a gardés de ma mère, c'est comme ses pinceaux : il y tient comme à la prunelle de ses yeux.

Ma mère riait aux éclats quand il se promenait avec cette drôle de chose pendue à son cou. Elle avait un de ces rires qui faisait qu'on ne pouvait s'empêcher de rire à son tour.

Quand elle était en colère, elle était vraiment en colère ! Ça se voyait, et ça s'entendait ! Elle claquait les portes à la volée et elle criait à en perdre la voix. Quand elle était triste, elle pleurait à chaudes larmes et elle utilisait des tonnes de mouchoirs.

Mon père et moi, on est plutôt du genre calme. Quand nous sommes fâchés, nous ne le montrons pas. Quand nous sommes tristes ou contents non plus.

CHAPITRE 2
LE CHIEN QUI MIAULE

D'habitude, je pose mes pieds nus sur les barreaux de la chaise pour éviter le contact de mes orteils avec le carrelage de la cuisine. Mais aujourd'hui, je les mets bien à plat sur le sol. Avec cette canicule, c'est délicieusement frais.

Le treillis de la chaise imprime des rainures sur mes fesses à travers mon pantalon de pyjama. Je verse du lait dans mon bol et les céréales se mettent à crépiter. Les picotis de la paille, les *crr crr crr* des corn flakes… Parfois, j'ai l'impression que c'est comme ça depuis toujours, mais ce n'est pas vrai. J'ai été un bébé lové sur les genoux de ma mère, j'ai tété le sein, puis j'ai pris mes bouillies à la cuiller dans ses bras… Cette idée, je la repousse très vite dans mon coin secret, le *coin à maman.* Parce qu'elle fait mal.

Mon père se tient debout devant la fenêtre, le bidon d'engrais à la main. Une grande ride barre son front. Il lit l'étiquette en soupirant. Plusieurs plantes dépriment : les feuilles brunissent sur les bords et se recroquevillent.

— Un bouchon par semaine, dis-je, mais pas en hiver.

— C'est l'été, marmonne-t-il en disparaissant dans la cuisine.

Oui, c'est l'été. D'après le calendrier, c'est aussi les vacances. Avant, ma mère avait toujours un tas d'idées : on allait au zoo, on pédalait jusqu'à la mer, on faisait du canoë, ou bien on se lançait à la chasse aux insectes dans les talus. On ne partait jamais en voyage – même pas chez mes grands-parents, en Espagne. *Ça coûte beaucoup trop cher pour un pauvre artiste comme moi*, disait mon père. Maintenant, les escapades, je peux aussi faire une croix dessus. Mon père est plus pantouflard qu'une marmotte. Il achète des montagnes de chips et d'esquimaux au supermarché – il croit sans doute que c'est ça, les vacances. Moi, ça ne m'embête pas. Ramasser des coquillages et des dents de requin sur la plage, c'est pas son truc. Partir à la chasse aux scarabées ou aux papillons, encore moins – sauf si c'est pour les dessiner. Si je lui demandais, il accepterait sûrement de faire comme si, mais je n'ai pas envie. Autant apprendre les bonnes manières à un singe ou demander à un chien de miauler !

Je conserve précieusement toutes les idées de maman dans un coin sombre de mon cerveau. C'est ma cachette secrète à moi. Parfois, je vais y fouiner à la recherche de souvenirs. Mais moi tout seul ! Personne d'autre ne doit venir y fourrer son nez !

— Maman, au moins, elle savait s'y prendre, bougonne mon père en revenant avec un arrosoir dans lequel il a versé un peu d'engrais. Elle avait la main verte…

Je fais oui de la tête. C'est vrai, les plantes étaient en bien meilleure forme quand elle s'en occupait. Leurs feuilles brillaient et elles donnaient des tas de fleurs.

Mon père commence à arroser, mais voilà qu'il en met trop ! Une soucoupe déborde, l'eau dégouline de l'appui de fenêtre et se répand sur le sol. Normal, de la part d'un chien qui miaule… Mon père jure entre ses dents (je me bouche les oreilles) avant d'essuyer l'eau avec un pan de sa chemise et de piétiner la flaque pour éponger l'eau sale avec ses chaussettes. Mieux vaut avoir les orteils mouillés toute la matinée que d'aller chercher un chiffon ou une serpillière ! C'est tout lui, ça !

Il dépose l'arrosoir dans la cuisine, se sert une tasse de café et s'assied en face de moi. Une chaise reste vide entre nous.

— Je vais au cimetière tout à l'heure, dit-il. Tu m'accompagnes ?

— Non.

Mon petit coin secret me suffit.

La tasse de mon père se baladera bientôt

dans la maison silencieuse et, ce soir, je m'endormirai dans l'odeur de térébenthine. Les journées sont comme ces films dont on connaît le début et la fin.

CHAPITRE 3
LE RÊVE

Le lendemain, je suis éveillé par de lourds coups de marteau. C'est sûrement mon père qui fabrique un cadre pour un tableau. Mais pourquoi a-t-il besoin de faire ça justement maintenant ?! J'étais plongé dans un rêve magnifique ! Ma mère et moi, nous ramions sur une rivière qui traversait une forêt de plantes d'appartement géantes. Nous étions assis tout près l'un de l'autre dans la barque, et elle avait posé sa main sur mon épaule. Sur la rive, plusieurs singes mangeaient des bananes avec un couteau et une fourchette. Des chiens se promenaient en miaulant, une tasse accrochée à leur collier. Ma mère venait d'éclater de rire. Son rire avait perlé sur mon visage comme les gouttes d'une averse rafraîchissante au cœur de la canicule.

J'étais si content de la voir, de l'entendre et de la sentir à nouveau si près de moi ! Parfois, j'ai peur d'oublier son visage. Alors, chaque matin, je me force à regarder sa photo sur ma table de chevet, pour qu'un jour son image soit gravée à jamais dans ma mémoire.

Je dévale les escaliers et je déboule dans la cuisine en râlant d'avoir perdu ce si beau rêve.

— Quel boucan !

— Ce n'est pas de ma faute, répond mon père. Ils sont en train de restaurer la ruine. Apparemment, on va avoir de nouveaux voisins.

Je le regarde, ébahi :

— C'est vrai ?!

Mon père hoche la tête.

La ruine, c'est la maison d'à côté. Ça fait des années qu'elle est vide. Les fenêtres sont presque toutes cassées, il y a d'énormes trous dans le toit (le vent s'en donne à cœur joie), la peinture s'écaille, les murs s'effritent... Le lierre qui court sur la façade entre et sort par toutes les ouvertures... De l'herbe aux verrues et des pissenlits poussent dans les chambres, à travers les fentes du carrelage, et la mousse a envahi les joints...

Ma mère et moi, on escaladait souvent la clôture. Ce n'était pas la ruine qui nous intéressait, mais le jardin : une jungle d'orties, de sureaux et de mûriers. En été, ça grouillait de papillons et d'insectes ! Ma mère confectionnait de la limonade avec les fleurs de sureau et de la gelée avec les fruits. Chaque année, on remplissait tout un panier de fleurs de tilleul, puis ma mère les séchait pour en faire du thé pour l'hiver. On cueillait aussi des passoires entières de mûres pour préparer des confitures, alors qu'il y a des tas de mûriers chez nous aussi.

— Il vaut mieux que tu n'ailles plus traîner dans ce jardin, dit mon père.

C'était bien mon intention. Qu'est-ce que j'irais y faire tout seul ?!

— Je vais bientôt voir maman. Tu as envie de m'accompagner ?

Je secoue la tête.

— Comme tu veux, dit-il en soupirant avant d'allumer sa première cigarette de la journée.

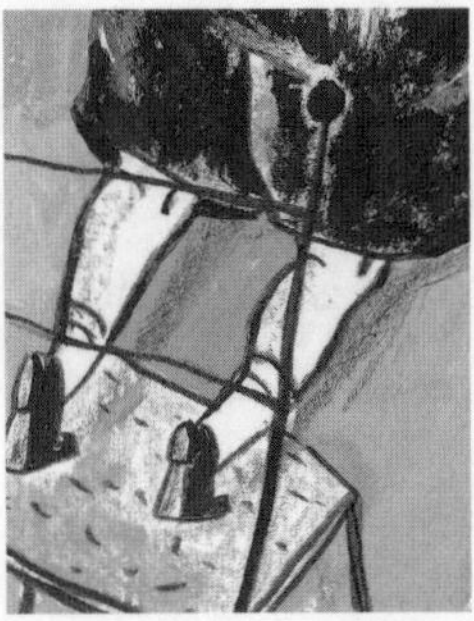

CHAPITRE 4
UN VRAI POT DE COLLE

Incroyable ! Mon lit et ma garde-robe n'ont pas encore fondu malgré la chaleur ! Je monte dans ma chambre plusieurs fois par jour, même s'il y fait chaud comme dans une serre. En grimpant sur une chaise, j'espionne les nouveaux voisins par la lucarne. C'est comme ça que j'ai vu qu'ils avaient défriché une partie de la jungle derrière la ruine, à la débroussailleuse. Ils ont installé une petite caravane au toit vert clair dans l'espace dégagé. C'est là qu'ils habitent pendant les travaux, mais ils ne sont pas seuls. Ça grouille de gens torse nu ou en maillot de bain qui trimballent des planches ou des pots de peinture. Ils ont accroché un tuyau d'arrosage au tilleul pour faire une douche improvisée. Mon père et moi, on garde portes et fenêtres fermées hermétiquement toute la journée pour ne pas entendre le bruit strident de la scie circulaire et le vacarme incessant du marteau.

Les gens de la caravane et leurs amis font des miracles. La ruine commence peu à peu à ressembler à une maison. Il y a maintenant des tuiles sur le toit et, pour la première fois depuis des années, des vitres aux fenêtres. Les murs ont été peints en blanc, les volets et les châssis en bleu, et des pots de lavande ont été placés de part et d'autre de la porte. Les fleurs ont la même couleur que les boiseries.

Pour ce qui est de savoir ce qui se passe aux abords de la caravane, c'est un peu plus difficile. Elle est trop loin. En écrabouillant mon nez contre la vitre, j'arrive juste à voir

que la fille des nouveaux voisins s'assied souvent sur les marches. C'est une gamine potelée qui porte deux tresses blondes. Chaque fois que ses parents passent à proximité, elle leur saute au cou comme un singe-araignée. De ma lucarne, la vue de ces corps enchevêtrés me fait penser aux tentacules d'une pieuvre. L'image est un peu floue, comme sur une photo ratée. Apparemment, cette fille est un vrai pot de colle. Pas vraiment notre genre, à mon père et à moi. Ma mère nous traitait souvent de machos, ou alors elle disait qu'on était des animaux à sang froid, comme les lézards. Parfois, elle serrait mon père dans ses bras par surprise ou alors elle me prenait sur ses genoux tout à trac.

— Vous pouvez penser ce que vous voulez, disait-elle en riant. Mais moi, j'ai besoin de câlins !

Et elle commençait à nous embrasser comme une folle ou à nous mordiller le lobe de l'oreille. Mon père et moi, on la laissait faire, dociles comme des moutons. Je mettrais ma main au feu que, comme moi, mon père adorait ça, en réalité, quand ma mère le couvrait de baisers.

CHAPITRE 5
L'OURS ET LE ZÈBRE

J'entends un bruit de pas dans l'escalier. Vite ! Je saute en bas de ma chaise et je la remets bien à sa place devant mon bureau. Il ne faut pas que mon père sache que j'espionne les voisins ! La porte de ma chambre s'ouvre à la volée. La silhouette de mon père en marcel et en jeans se dessine dans l'embrasure.

— Bon sang, comment peux-tu supporter une chaleur pareille ?! grommelle-t-il. On étouffe ici !

Du dos de la main, il essuie quelques gouttes de sueur sur son front.

— Je venais chercher une BD, dis-je en montrant ma bibliothèque.

Il prend appui sur le chambranle de la porte et se passe plusieurs fois la main dans les cheveux avant de se caresser le menton. Ça fait un bruit de râpe. Pas étonnant, il ne s'est pas souvent rasé ces derniers jours. Il toussote. Il me ferait presque pitié.

— Ils nous ont invités, Thomas.

— Qui ? dis-je, stupéfait.

— Les voisins. Pour nous remercier. Parce qu'on ne se plaint pas pour le bruit.

Je lis dans ses pensées que nous aurions mieux fait de rouspéter. Ils ne nous auraient pas invités, au moins. Aller quelque part, ça a toujours été une punition pour lui. On ne l'a dehors qu'à coups de bâton. Si je n'étais pas là, je suis sûr qu'il n'irait même pas faire les courses. Il vivrait de l'odeur de peinture de son atelier et il cultiverait du tabac dans le jardin pour ne plus devoir sortir acheter des cigarettes. Ça l'arrange que nous n'ayons presque pas de famille et que mes grands-parents habitent loin d'ici. Leur envoyer une carte de temps en temps en écrivant que nous allons bien et que nous irons peut-être leur rendre visite l'été prochain, ça lui suffit largement. L'été prochain restera toujours l'été prochain… Il n'ira jamais ! Je l'ai bien compris, va, et mes grands-parents aussi. Avant, quand il sortait, c'était uniquement pour faire plaisir à ma mère. Et quel cirque ! Il n'arrêtait pas de rouscailler et de dire qu'il n'irait pas. Ma mère lui sciait les côtes en répétant : *Tu n'es qu'un ours mal léché ! Un zèbre asocial et marginal !* Cette vérité ne lui plaisait pas des masses. Pour prouver à ma mère qu'elle avait tort, il finissait toujours par l'accompagner. En guise de protestation, il passait une chemise pleine de taches de peinture ou un jeans déchiré. Ma mère faisait comme si elle ne voyait rien, luttait contre l'envie de sourire et me faisait un clin d'œil en douce pour partager son triomphe. Le plus étrange, c'était que, une fois dehors, mon père prenait en général du bon temps. Mais à la sortie suivante, c'était de nouveau le même cirque. Il râlait comme un pou jusqu'à ce que ma mère lui oppose son arme favorite : *Tu n'es qu'un ours mal léché ! Un zèbre asocial et marginal !*

Depuis quelque temps, il ne va plus qu'au cimetière et au supermarché. Et voilà que les voisins nous invitent…

Je sursaute. Il attend toujours ma réaction, mais j'étais tellement plongé dans mes pensées que j'en avais oublié sa présence. Depuis combien de temps est-il en train de suer dans l'embrasure de la porte ? Deux minutes ? Trois minutes ? Un quart d'heure ?

— Il suffit de fermer les portes et les fenêtres, et leur boucan ne nous gêne pas, dis-je.

— C'est ce que j'ai répondu. Mais ils insistent pour que nous passions.

— Tu y vas, toi ?

— *On* y va ? Ils nous ont invités tous les deux, Thomas.

Il s'attend évidemment à ce que je le traite d'ours mal léché et de zèbre asocial et marginal, comme ma mère, mais je n'en fais rien. Je ne lui demande pas non plus de miauler ou d'attraper des souris !

— *On* y va, alors ? dis-je.

Il hausse les épaules.

— Je ne sais pas, marmonne-t-il. Je ne sais vraiment pas… Je n'ai pas envie.

— Alors, on n'y va pas, papa.

Il me regarde, prêt à mordre.

— Ce n'est pas si simple ! C'est difficile de refuser ! Des nouveaux voisins… Ils sont sympas… Ils veulent nous inviter à un barbecue. Je…

— Alors, on y va, dis-je d'une voix ferme.

Mais cette réponse ne lui plaît pas non plus.

— Je vais tomber raide mort avec cette chaleur, aboie-t-il en fermant la porte de ma chambre.

Puis, je l'entends dévaler les escaliers.

CHAPITRE 6
LES VACHES

Je donne un grand coup de dents pour essayer de déchirer un morceau de ma pizza. Les champignons racornis s'émiettent, des taches brunâtres flottent sur le fromage fondu, la croûte boursouflée est dure comme de la pierre et noire comme du charbon. Manifestement, mon père était trop absorbé par la culotte de son pantin pour surveiller le four.

Des panaches de fumée s'élèvent du jardin des voisins, et l'odeur de barbecue s'infiltre par les interstices de la porte et des fenêtres. Ces signes n'ont pas échappé à la perspicacité de mon père. Il regarde au dehors, l'air vexé, et se gratte nerveusement le crâne.

— Ils ont déjà allumé le barbecue, dit-il en soupirant.

— Ben oui.

— Et nous restons là comme des andouilles ! ajoute-t-il, agacé.

Je ne peux que hocher la tête car je viens d'enfourner un morceau de pizza et que je le mastique comme si ma vie en dépendait. Ce n'est pas tous les jours que j'ai quelque chose d'aussi coriace à manger. Ça ou de la semelle, c'est du pareil au même.

— Ce n'est pas chic de notre part, marmonne-t-il. Ils nous attendent.

C'est à son tour de mâchonner un morceau de semelle. Nous faisons un tableau à rendre vertes de jalousie toutes les vaches du monde. Je ne serais pas étonné qu'on se casse une dent.

Tout à coup, mon père fait valser ses couverts sur le bord de son assiette. Il m'a fait sursauter.

— Elle est immangeable, cette pizza !

— Bof, ça va encore, dis-je en pensant au chien qui miaule et au singe qui voudrait apprendre les bonnes manières.

— Allez ouste, on y va ! dit mon père. File prendre une douche et passe un tee-shirt propre !

Je suis interloqué. D'abord, il jette ses couverts, puis il dit « Allez ouste, on y va ! » comme si c'était la chose la plus naturelle du monde… Il ne m'a pas habitué à ça. C'est la chaleur qui lui monte à la tête ou quoi ?

Je vais chercher un tee-shirt dans ma chambre. J'en retire un du bas de la pile et j'y plonge le nez. Ce parfum… C'est ma mère qui l'a lavé. Mon père utilise une autre poudre. J'aimerais tant que ce tee-shirt devienne ma seconde peau pour pouvoir humer cette odeur jusqu'à la fin de mes jours…

Je me brosse les dents, je me coiffe en vitesse et je me nettoie même les ongles avec un trombone. En redescendant, j'entends de l'eau couler dans l'atelier. J'entre. Mon père fait une grimace pas possible, et il presse une pierre d'alun contre sa joue. Il s'est blessé en se rasant, et voilà qu'il saigne comme un bœuf. Ce n'est pas la première fois que ça lui arrive.

— Tu devrais remplacer la lame plus tôt, dis-je, en pensant que ma mère le lui a bien dit cent fois.

Il démonte la lame et l'examine de près : elle est tout émoussée. Pas étonnant qu'il se soit coupé !

— Tu as raison, grommelle-t-il.

La pierre d'alun toujours pressée contre sa joue, il descend chercher une bouteille de vin à la cave.

— On ne peut tout de même pas arriver les mains vides…, dit-il.

Je ne sais pas si c'est à moi qu'il en a ou s'il se parle à lui-même.

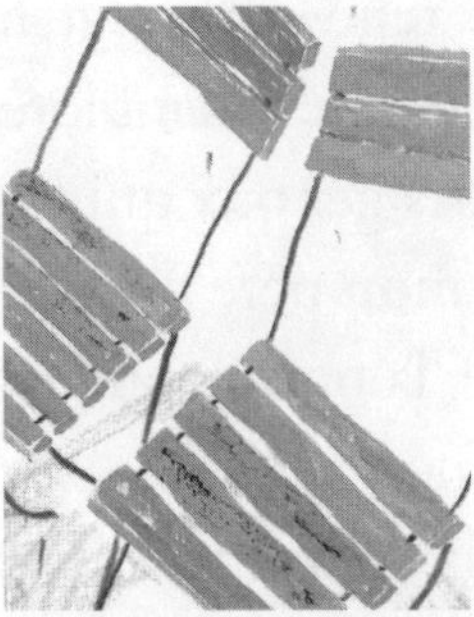

CHAPITRE 7
LES MOUTONS

Dix minutes plus tard, nous nous trouvons sur le pas de la porte des voisins. Mon père a des égratignures plein la figure et un sparadrap sous le nez. Je l'entends prendre plusieurs inspirations profondes. Je sais parfaitement ce qu'il éprouve : nous sommes faits du même bois. Ma respiration à moi aussi s'emballe, comme s'il y avait dans cette maison un horrible monstre prêt à nous déchiqueter…

Mon père tend un doigt hésitant vers la sonnette. Mes jambes tremblotent comme des nouilles et j'ai les genoux qui flageolent. Avant que l'index de mon père n'ait eu le temps d'atteindre sa cible, la porte s'ouvre. Il ne s'y attendait pas. Moi non plus. Il a sursauté. C'est la petite fille de la caravane. Elle porte une robe vert fluo qui fait mal aux yeux quand on la regarde trop longtemps.

— C'est les voisins ! beugle-t-elle à tue-tête.

Ça ressemble à un cri de joie. De mon poste d'observation, j'avais tout de suite vu qu'elle était un peu potelée. Je me rends compte maintenant qu'elle a des jambes et des bras très courts et les yeux bridés. On dirait des yeux de Chinoise, mais ce n'est pas une Chinoise. Elle est trisomique. Ça, de ma fenêtre, je ne l'avais pas remarqué.

Elle nous fait un large sourire et nous dévisage des pieds à la tête sans la moindre gêne. Avec ses joues rebondies et sa grosse langue qui dépasse, on dirait vraiment un bébé ! Un bébé dans un corps beaucoup trop grand pour elle. Et pourtant, j'ai l'impression qu'elle est plus vieille que moi.

— Le monsieur, il a un sparadrap sous le nez ! crie-t-elle d'une voix suraiguë en se retournant.

— Eh bien, fais entrer le monsieur au sparadrap ! dit une femme en riant.

La petite fille penche la tête et regarde gentiment mon père.

— Ton chat t'a griffé ? demande-t-elle.

Mon père fait non de la tête.

— Me suis coupé en me rasant, répond-il.

— Ça fait mal ? demande la voisine en posant son index sur sa joue.

Une ride s'est creusée au sommet de son nez aplati, signe qu'elle réfléchit. Ses doigts sont bizarres.

— Un peu, répond mon père.

— Mmm…, fait-elle. Les moutons, ils n'ont pas mal. Ils sont contents quand on leur retire leur laine.

— Exact, observe mon père.

Je ne dis rien. Les bergers utilisent sûrement de meilleures lames que mon père. Avec des rasoirs comme le sien, les moutons ne seraient pas aux anges.

— Tilly, ne reste pas à bavarder sur le pas de la porte ! dit la voix de femme. Laisse entrer ces messieurs !

Tilly feint de ne pas avoir entendu.

— Je vais d'abord vous montrer mes nouvelles boucles d'oreilles ! chuchote-t-elle d'une voix malicieuse.

Elle soulève ses tresses et secoue la tête, fière comme un paon. Deux petits éléphants colorés aux pattes ornées de clochettes pendent à ses minuscules oreilles en feuilles de chou. Ils sont un peu déséquilibrés car elle en a une plus haute que l'autre.

— Vous entendez les clochettes ? demande-t-elle, des étoiles plein les yeux.

Mon père et moi, on hoche la tête.

— Chouette, hein ? !

On hoche encore la tête. Je me dis que nous sommes les honorables membres du Club des Hocheurs de Tête.

— Tilly ? ! Tu es toujours sur le pas de la porte ? !

La voix se fait pressante. La petite fille met la main devant sa bouche.

— Oups ! s'esclaffe-t-elle. Vite, sinon maman va se mettre en colère !

Les honorables membres du Club des Hocheurs de Tête emboîtent bravement le pas à la petite trisomique.

CHAPITRE 8
AVEC UN T TOUS LES DEUX

Tous les pissenlits ont disparu. L'herbe aux verrues et le lierre aussi. Les murs sont peints en jaune, des tapis recouvrent le sol, il y a des meubles et des bibelots partout. Une odeur de savon flotte dans l'air… Une odeur de savon et de barbecue… La ruine s'est métamorphosée en nid douillet d'un coup de baguette magique. Mon père et moi, on regarde autour de nous d'un œil béat d'admiration.

La voisine sort de la cuisine en s'essuyant les mains à un torchon.

— J'étais en train de laver la salade et de râper les carottes, dit-elle en nous tendant une main froide.

— Bonjour Catherine, dit mon père.

Ah bon ?! Il connaît déjà son nom ?! Mais oui, je comprends : il a forcément dû rencontrer les voisins quand ils sont venus nous inviter.

— Je pensais que Tilly ne vous laisserait jamais entrer ! dit la dame en riant. Un vrai moulin à paroles, hein, ma fille !

Tilly tire la langue à sa mère pour rire.

— Mamaaaaan ! dit-elle d'un ton boudeur en tripotant l'ourlet de sa robe.

Catherine est une femme robuste aux cheveux blonds mi-longs retenus par un élastique. Son short laisse voir des jambes épaisses comme des poteaux. Ma mère était beaucoup plus petite, et plus mince. Comparées à celles de Catherine, ses jambes ressemblaient à des allumettes.

Nos regards admiratifs ne lui ont pas échappé.

— Oui, ça a beaucoup changé, ici, hein ?

— Incroyable ! répond mon père.

— Nous avons réquisitionné toute la famille, explique-t-elle. On a travaillé d'arrache-pied !

C'est vrai, je l'ai vu de ma lucarne, mais mes lèvres restent comme collées par de la glu.

— Et tout ça par cette chaleur ! ajoute-t-elle. On en a bu, des litres d'eau et de coca ! Quel été, hein ? ! Je ne dirais pas non à un peu de fraîcheur !

Silence. Catherine me regarde avant de se tourner vers mon père.

— Voici donc ton fils ! dit-elle en souriant.

— Oui, c'est Thomas, bredouille mon père.

— Il te ressemble…

Je déteste quand les gens me regardent comme ça. Mon père ne sait pas non plus comment réagir, alors il pousse la bouteille de vin dans les mains de Catherine. Mais il la lâche trop vite et il s'en faut d'un poil pour qu'elle n'aille se fracasser sur le carrelage du nouveau salon. Quel empoté ! Heureusement, Catherine est habile. Elle rattrape la bouteille par le goulot au dernier moment avec l'adresse d'un jongleur.

— Oh, il ne fallait pas ! dit-elle aimablement.

Mon père hausse les épaules d'un air bovin.

— L'apéro vous attend dehors. Tu veux bien montrer le jardin à Paul et à Thomas, Tilly ? J'arrive tout de suite.

Tilly sautille devant nous, mais pas du tout du tout avec la grâce d'une jument. Elle a les jambes trop grosses et trop courtaudes pour ça. Non, elle me ferait plutôt penser à un éléphanteau. Au moment où nous arrivons à la porte du jardin, elle se retourne brusquement et plante un de ses doigts bouffis dans le ventre de mon père.

— Toi, c'est Paul ! s'exclame-t-elle.

Puis, elle enfonce son index dans mon ventre.

— Et toi, c'est Thomas !

En dignes membres de notre Club, nous hochons tous les deux la tête. Un large sourire apparaît immédiatement sur les lèvres de Tilly.

La voilà qui commence à applaudir sauvagement de ses petites mains potelées en secouant la tête de façon à faire voler ses fines tresses blondes dans tous les sens. Je ne comprends pas ce qui lui prend. J'interroge mon père du regard. Il ne saisit pas non plus la joie de Tilly et hausse les épaules.

— Thomas et Tilly, avec un T tous les deux ! dit-elle dans une explosion de joie.

Ah ben ça, il ne lui en faut pas beaucoup pour être heureuse ! Mais elle s'attendait manifestement à un peu plus d'enthousiasme de ma part, car elle m'assène un coup de coude dans les côtes.

— Tu ne trouves pas ça génial ?! crie-t-elle. Avec un T tous les deux !

— Oui, oui… bien sûr, dis-je.

— Super ! ajoute mon père.

Je pense à Tony, le plus gros emmerdeur de notre classe. Son nom aussi commence avec un T.

CHAPITRE 9
UNE AUTRE PLANÈTE

Nous avons à peine mis un pied dans le jardin que le père de Tilly fond sur nous pour nous serrer la main.

— Bienvenue ! dit-il.

— Voici Marc, dit mon père.

Le voisin me fait un clin d'œil.

— Toi, tu dois être Thomas !

— Thomas et Tilly, avec un T tous les deux ! hurle à nouveau Tilly en sautant à pieds joints.

— C'est bien vu, dit Marc. Bravo !

Tilly saute de plus belle. L'éléphanteau s'est métamorphosé en Peau-Rouge.

— Thomas et moi, on va devenir de vrais amis, hein, papa ?!

Marc regarde sa fille en souriant.

— Qui sait ? répond-il.

— Thomas et Tilly, Thomas et Tilly, Thomas et Tilly ! entonne la petite squaw à pleins poumons.

Elle tourne autour de moi en faisant des cabrioles. Je me sens devenir rouge comme une pivoine. Je ne sais plus où me mettre et je reste planté là, les bras ballants, jusqu'à ce que j'aie l'idée de fourrer les mains dans les poches de mon pantalon. Je suis sûr de bientôt finir ligoté à un totem.

— Ça suffit maintenant, Tilly ! dit Marc d'une voix ferme quand il remarque mon embarras.

L'air boudeur, la squaw s'affale sur une chaise de jardin, croise ses bras potelés sur sa poitrine et regarde fixement devant elle, fâchée. Marc l'ignore et nous désigne deux chaises de jardin placées côté à côte.

— Installez-vous, dit-il.

Nous nous asseyons. Subjugué par la squaw, mon père sort son paquet de cigarettes en guise de calumet de la paix.

— Ça ne dérange pas si je fume ? demande-t-il en hésitant.

— Pas du tout, ça éloignera peut-être les moustiques ! dit Marc en riant.

Pas besoin de le lui dire deux fois, à l'exterminateur d'insectes ! Il allume aussitôt une cigarette, tandis que le voisin sort une bouteille d'un seau à glace.

— Vous n'avez pas eu besoin de boules Quiès pendant les travaux ? demande-t-il.

— Non, répond mon père en tirant sur sa cigarette. On n'a pas été dérangés du tout, pas vrai, Thomas ?

Je hoche la tête. Le voisin remplit un verre à ras bord, le tend à mon père, puis se sert avec la même générosité. Ils trinquent.

— Rien de tel qu'un petit vin bien frais par cette chaleur tropicale ! dit Marc. À nos bonnes relations de voisinage ! Santé !

— À nos bonnes relations de voisinage !

répète mon père comme un perroquet avant de boire une grande lampée.

Marc s'assied à côté de sa fille, qui est toujours occupée à bouder, têtue comme une mule. Il présente des olives et des dés de fromage à mon père.

— Tilly, tu t'occupes de Thomas ? demande-t-il.

Elle lui fait un pied de nez et vient se camper devant moi. Elle a les yeux bleus, bleu lavande… Ce serait pour cette raison que ses parents ont peint les portes et les châssis de cette couleur ? Autour de ce bleu, il y a de petites mouchetures blanches. Je n'ai encore jamais vu personne avec de tels yeux. Ma mère avait un cercle doré autour de l'iris. Je trouvais ça aussi très original.

— Tu veux du coca et des chips ? me demande-t-elle.

Je fais signe que oui. Marc se penche vers elle pour lui donner une petite tape sur les fesses.

— Brave petite ! dit-il.

Elle gambade joyeusement en direction de la cuisine. Le voisin la regarde d'un œil attendri.

— Quand Tilly est fâchée, ça ne dure jamais plus de cinq minutes, dit-il fièrement.

— Elle a beaucoup à nous apprendre, dit mon père.

Belle réponse pour un balourd comme lui ! Il marque un point.

— Tout à fait d'accord ! répond Marc en riant.

Pour récompenser mon père, il lui remplit son verre. Au bruit de la porte qui claque, je lève les yeux. Tilly arrive d'un pas traînant avec un verre de coca et un bol de chips. Elle avance prudemment, sans quitter le verre des yeux. Il est clair qu'elle ne veut pas renverser, mais il y a malgré tout des gouttes qui débordent de temps en temps et qui tombent dans l'herbe.

— J'espère qu'il en restera un peu, dit Marc en souriant.

En réalité, je mériterais des claques. Je me rends compte que je ne lâche pas la petite voisine des yeux une seconde. *Ce n'est pas bien de regarder les personnes handicapées*, disait ma mère. *Tu crois que ça ne leur fait rien ?* Tilly n'a pas l'air d'en prendre ombrage, en tout cas. Au contraire, quand elle se rend compte que je la regarde, elle se met à rire. Évidemment, j'ai déjà vu des enfants trisomiques, dans la rue ou à la télé, mais je n'en ai jamais vraiment vu en vrai, ni de si près. C'est peut-être pour ça que mon regard reste accroché à elle en permanence. Les trisomiques se ressemblent tous, à croire qu'ils sont frères et sœurs : des yeux bridés, un tout petit cou, des bras potelés, des jambes grassouillettes… Ce sont des gens paisibles venus d'une autre planète, et qui ne restent jamais fâchés plus de cinq minutes.

— Évidemment, tous les enfants atteints de trisomie 21 ne sont pas comme notre Tilly, dit Marc à mon père. Certains sont agressifs, d'autres ont un lourd handicap mental, de graves problèmes cardiaques ou intestinaux. Notre fille est en bonne santé et infiniment gentille. On a eu de la chance !

Bon, je corrige : des gens paisibles venus d'une autre planète, et dont certains ne restent jamais fâchés plus de cinq minutes. Je croyais que tous les trisomiques avaient les cheveux coupés au bol et qu'ils portaient des vêtements démodés. Mais avec ses tresses et sa jupe vert fluo, Tilly est différente. C'est une petite polissonne. Elle me fait penser à Fifi Brindacier… une Fifi Brindacier trisomique.

Fifi dépose le verre de coca devant moi, farfouille dans le bol de chips et m'en fourre une pleine poignée dans la bouche. Alors là, je ne m'y attendais pas du tout ! Un morceau de chips profite de ce que je happe de l'air désespérément pour se coincer dans ma gorge et je suis pris d'une terrible quinte de toux. J'étouffe ! Des larmes coulent le long de mes joues.

— Tilly ! Thomas est capable de manger tout seul ! gronde Marc.

À cause de mes ahanements, je n'ai même pas entendu que Catherine nous avait rejoints à la table du jardin.

— Ça va ? demande-t-elle, inquiète.

J'ai réussi à dégager ma gorge et je peux enfin respirer. Après m'être essuyé le visage, j'avale un long trait de coca.

— Ça va, dis-je.

— Alors, qu'est-ce qu'on dit ?! s'exclame Catherine d'une voix fâchée.

Tilly me jette un regard de chien battu. L'instant d'après, un large sourire éclaire son visage.

— Je suis désolée, dit-elle d'un air enjoué – trop enjoué pour un chien battu.

Je me force à ne plus regarder ses yeux bridés et ses doigts boudinés et à m'intéresser au jardin.

La jungle a disparu. On a fauché, on a taillé, mais il reste le tilleul et plusieurs sureaux. Le coin avec les mûriers aussi. Ma mère ne serait pas trop dépaysée.

CHAPITRE 10
LE GROS CÂLIN

Catherine jacasse comme une pie, Marc n'a pas son pareil pour raconter des histoires et Tilly a la langue bien pendue. Bref, ces trois-là sont une compagnie idéale pour mon père et moi : laissons parler les autres, notre silence n'en passera que plus facilement inaperçu… La cuisson dure plus longtemps que prévu parce que le barbecue s'est éteint inopinément. Marc s'excuse – c'est la première fois que ça lui arrive – et mon père ne trouve pas ça dramatique car son verre continue de se remplir entre-temps et que sa cheminée carbure à plein régime pour éloigner les moustiques. Cette nuit, il va encore tousser et passer une bonne partie de son temps aux toilettes.

La faim nous fait tous vaciller – pour certains, ce serait plutôt le vin – quand arrive enfin quelque chose à nous mettre sous la dent. Lorsqu'il ne reste plus la moindre brochette ni la moindre saucisse sur le barbecue, il est temps pour Tilly d'aller se coucher. Le lendemain, elle doit se lever tôt, car elle a rendez-vous chez l'orthophoniste. De grosses larmes coulent sur sa robe. Catherine la prend sur ses genoux pour la consoler.

— Pourquoi tu as du chagrin, mon trésor ?

Tilly enfonce son visage contre l'épaule de sa mère.

— Je veux montrer mon chariot à Thomas ! Je veux encore jouer avec lui ! sanglote-t-elle.

— Lui montrer ton chariot ? Tu auras

tout le temps une autre fois, Tilly ! Nous sommes voisins, maintenant. Et il est vraiment trop tard pour jouer avec Thomas aujourd'hui, ma chérie.

Catherine promène ses doigts dans les cheveux de Tilly en imitant le trottinement d'une araignée. À travers les sanglots, on entend des rires étouffés.

— Tu viendras jouer avec Thomas demain ! lance mon père sans réfléchir.

Quand il a bu, il parle toujours trop. Il dit des choses qu'il ne devrait pas. Je déteste qu'il pense ou qu'il parle à ma place. Ça arrive rarement, mais quand même… En tout cas, il a au moins fait le bonheur de quelqu'un. Tilly se jette à son cou. Elle couvre ses joues meurtries de bisous mouillés. Mal à l'aise, mon père agite les bras comme si un essaim de guêpes volait autour de ses oreilles. Bien fait pour lui ! Mais je suis immédiatement puni pour mes mauvaises pensées : Tilly prend congé en embrassant chacun et m'octroie un gros câlin en prime. Enfin, câlin n'est pas vraiment le terme qui convient. Disons plutôt que l'éléphanteau se jette sur moi, qu'il m'enferme dans ses pattes et qu'il me presse comme un citron contre son ventre dodu.

— Tilly extériorise beaucoup ses sentiments, dit Marc en riant.

Tu parles ! Cette fille est un vrai rouleau compresseur ! Zut, quoi ! Elle m'écrase ! Je vais être couvert de bleus ! Je suis pieds et poings liés, sans blague ! Plus moyen de respirer ! Au secours, j'étouffe ! Demain, les journaux annonceront qu'un enfant de douze ans s'est fait étrangler par une jeune trisomique !

— Tilly, maintenant ça suffit ! crie Catherine.

L'étreinte se relâche. Il était moins une. Je suis encore un peu groggy quand Tilly me souhaite bonne nuit avec douceur.

— Dors bien, dis-je d'une voix de moineau.

Impossible d'en sortir davantage.

Catherine et sa fille partent en direction de la maison, la main dans la main. Arrivée à la porte, Tilly se retourne une dernière fois pour me faire signe. Je lui réponds mollement. C'est à devenir dingue…

— Je vais dormir aussi, papa, dis-je en me levant.

Mon père me tend la clé de la maison.

— Je reste encore un peu, dit-il.

— Ah ! C'est sympa ! dit Marc. On va bavarder devant un dernier petit verre avant d'aller se coucher.

Pour être sympa, c'est sympa. Moi, j'ai eu ma dose pour aujourd'hui et, grâce à mon père qui n'a pas su la fermer, je serai obligé de remettre ça demain. Je lui viderais volontiers son dernier petit verre sur la tête.

CHAPITRE II

UNE BELLE CALVITIE

Quand j'entre dans la cuisine, mon père est affalé devant la table du petit déjeuner. J'ai comme l'impression qu'il sort du lit et que ce n'est pas vraiment la grande forme. Son marcel est tout froissé, il arbore une coiffure de hérisson et il a d'énormes valises sous les yeux. Le regard vide fixé sur sa tasse de café, il grince comme une vieille porte d'armoire. Il est livide. Une plaquette de comprimés contre les maux d'estomac gît à côté de sa tasse. Ma parole, ce n'est pas les moustiques qu'il a exterminés !

Je verse des corn flakes dans mon bol, j'ajoute une cuillerée de sucre et beaucoup de lait. Les céréales font *crr crr crr* et je commence à manger. Mon père se passe la main sur le crâne. Chaque fois qu'il fait ce geste, plusieurs cheveux restent collés à ses doigts. Il les regarde, épouvanté, les détache fébrilement et les laisse tomber par terre.

— Voilà que je deviens chauve ! dit-il d'une voix rouillée.

— Certains hommes perdent leurs cheveux en vieillissant. C'est hormonal, papa.

Il se recroqueville comme un poussin transi de froid. Après le tour qu'il m'a joué hier, il ne s'attendait tout de même pas à ce que je lui soutienne le moral, non ? !

— Ils sont sympas, les voisins, hein ? dit-il sans se fâcher.

— Ça peut aller, dis-je. La tentative de meurtre mise à part.

Il me jette un regard embué. Des pois-

sons rouges pourraient nager dedans.

— La petite voisine passera dans l'après-midi, murmure-t-il.

— C'est encore toi qui as manigancé ça ! dis-je en aboyant.

— Bah, Thomas ! Elle rentrera certainement chez elle après une petite heure ! répond-il pour me consoler.

Je n'en suis pas si sûr. Qui sait si cette adorable trisomique ne me réserve pas un câlin à l'issue fatidique ?

— Tu sais bien que je déteste ça, papa ! dis-je sèchement.

Il lève la main en guise de drapeau blanc. Il a besoin de toute son énergie pour lutter contre son mal de crâne.

— Je sais ! soupire-t-il en se rendant sans la moindre résistance. Je n'aurais jamais dû l'inviter…

Alors ça ! Lui qui n'admet jamais ses erreurs ! Du coup, ça me rend un peu plus indulgent. Je rince mon bol et je le dépose dans l'égouttoir. Mon père recommence à se passer la main dans les cheveux.

— Une belle calvitie, c'est pas forcément moche, dis-je.

CHAPITRE 12
L'HIPPOPOTAME

Après le petit déjeuner, mon père se traîne dans son atelier et s'empare de sa palette et de ses pinceaux. Il faut qu'il se dépêche de terminer cette toile car c'est ce soir que Monsieur Chapeau, le galeriste, vient voir son travail. Un moment stressant en perspective…

Le pantin porte désormais une culotte grise à pois noirs. Sa ressemblance avec mon père est frappante. J'ai l'impression que c'est un autoportrait, mais je n'ose pas le lui demander. Ce regard triste, cette bouche aux coins pendants… Se sentirait-il si malheureux ? Il traînaille devant la toile, donne encore un coup de pinceau par ci, un coup de pinceau par là… C'est toujours comme ça quand il achève une toile. Le dernier petit verre d'hier soir doit encore lui peser lourdement sur l'estomac car il ne faut pas cinq minutes avant qu'il ne retourne s'asseoir sur le canapé en gémissant.

À midi, je réchauffe un plat surgelé au micro-ondes. J'en mets un peu sur une assiette pour mon père, mais il n'a pas faim.

— J'ai l'estomac tout barbouillé, se plaint-il.

Et pas qu'un peu ! Il souffle, il rote… Si l'homme descend de l'animal, il compte sûrement un hippopotame parmi ses ancêtres !

À la fin du repas, je vais rincer mon assiette dans la cuisine. La sonnette retentit au moment où je la dépose dans l'égouttoir. L'hippopotame s'extirpe du canapé avec toutes les peines du monde en haletant comme s'il était à la mort.

— J'y vais ! dis-je.

Je referme la porte de son atelier derrière moi et je cours ouvrir.

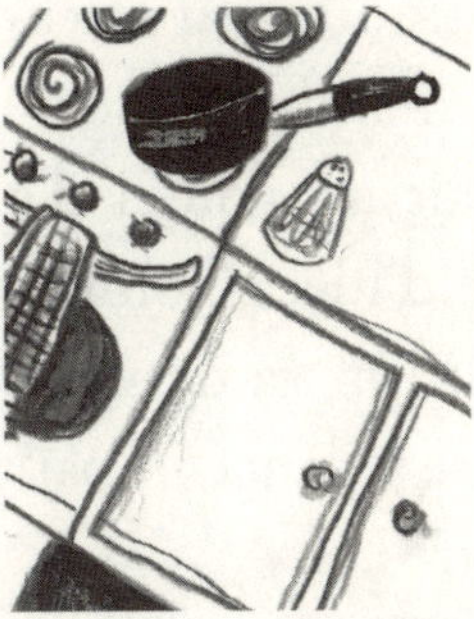

CHAPITRE 13
LES CRÊPES

Tilly apparaît en salopette orange vif, avec un tee-shirt à lignes et un sourire qui court d'une oreille à l'autre.

— Salut Thomas ! crie-t-elle pour toute la rue, la main en clairon autour de la bouche.

Elle est incroyable, cette fille ! Elle va

ameuter tout le quartier ! Je ne peux pas m'empêcher de repenser à Fifi Brindacier.

— Entre, dis-je en marmonnant.

Elle me suit à grand fracas. Dans la cuisine, elle me demande ce que nous allons faire, comme si c'était un goûter d'anniversaire. Je n'ai pas encore d'idée. Comment vais-je pouvoir l'occuper ? On va dessiner ? Jouer au jeu de l'oie ? Tilly se balance impatiemment d'une jambe sur l'autre.

— Allez, Thomas ! implore-t-elle. Dis-moi ! À quoi on va jouer ? !

Avec ses yeux suppliants, c'est pas croyable comme elle m'attendrit. Tout d'un coup, j'ai envie de ne pas la décevoir.

— C'est une surprise ! Euh… il faut d'abord que j'aille aux toilettes.

Ce prétexte va me donner un peu de temps pour imaginer quelque chose. Aux toilettes, je me creuse la cervelle, mais je suis en panne d'inspiration. Dessiner ? Elle peut très bien le faire toute seule, chez elle. Jouer à un jeu de société ? Bof… À cours d'idée, je vais fouiner dans mon coin secret. Une petite lumière s'allume. Avant, on faisait des crêpes, avec ma mère. Je trouvais ça hypergénial. Tilly et moi, on pourrait en cuire toute une pile. Et je ferais d'une pierre deux coups : on aurait quelque chose à manger ce soir, car je n'ai pas grand-chose à attendre de l'hippopotame à la gueule de bois !

Après avoir tiré la chasse, je dévale les escaliers. Je suis en train de me laver les mains quand Tilly me rejoint.

— Et alors ? ! demande-t-elle, brûlant de curiosité.

— On va cuire des crêpes ! dis-je triomphalement.

Folle de joie, elle commence à danser autour de la table de la cuisine.

— Des crêpes ! Miam ! Miam ! Des crêpes ! crie-t-elle d'une voix suraiguë en sautillant comme un poney qui a pris le mors aux dents.

— Chuuuuut ! dis-je en essayant de la calmer. Mon père dort !

— Je sais ! chuchote-t-elle.

Comment elle le sait, mystère et boule de gomme. L'épave gît dans son atelier et la porte est fermée. Tilly ne me laisse pas le temps de chercher une explication. Je comprendrai ce soir. Elle s'approche de moi et tend les mains.

Ses doigts sont couverts de peinture ! Elle a dû se faire ça chez elle. Je lui fourre le savon entre les mains, elle le laisse glisser maladroitement entre ses doigts potelés et il tombe dans l'évier. Je le lui remets dans les mains et j'ouvre le robinet. Elle laisse les mains sous le jet d'eau. Comme la peinture part difficilement, je lui donne la brosse à récurer de mon père. Je ne comprends pas comment ses parents lui ont permis de jouer avec de la peinture à l'huile. Après un nettoyage énergique, elle a enfin les mains propres.

Je commence à feuilleter le livre de recettes que je suis allé chercher dans la bibliothèque. Tilly vient gentiment s'asseoir à côté de moi. J'ouvre le livre au chapitre « Gâteaux et desserts ». Mon doigt glisse sur la page et s'arrête à « Crêpes ».

— Ah, voilà ce qu'il nous faut ! dis-je.

— Attends ! dit Tilly.

Elle cale ses tresses derrière ses oreilles, pose ses coudes sur la table et coince son menton entre ses deux mains.

— Pour écouter, c'est mieux, dit-elle.

Ses oreilles en feuilles de chou sont encore plus visibles ainsi. Quelle sotte ! Je ne peux pas m'empêcher de sourire.

— Quatre cents grammes de farine fermentante, lis-je à haute voix.

— Farine ! dit Tilly en me singeant.

Je vais chercher la balance et la boîte de farine dans l'armoire et je les dépose sur la table.

— Vas-y, pèse !

Tilly relève aussitôt ses manches et s'empare de la farine. En tirant la langue, car elle s'applique, elle fait tomber la moitié de la boîte dans la balance et le reste vole en l'air. D'énormes nuages blancs atterrissent sur la table et sur le sol. Nous en avons même sur la figure et dans les narines. On dirait qu'il a neigé dans la cuisine ! Tilly est enfarinée de la tête aux pieds. Quant à moi, on me prendrait facilement pour un sac de farine.

— Oups ! dit-elle en mettant la main devant sa bouche.

Puis, elle me regarde et elle éclate de rire.

— Tu es tout blanc ! hurle-t-elle.

C'est contagieux, car je sens les coins de ma bouche se relever. L'instant d'après, j'éclate de rire à mon tour en tapotant la farine de mes vêtements et en m'essuyant le visage. Mon rire rebondit et résonne comme une bille dans ma tête. C'est la première fois que je m'entends rire depuis que ma mère n'est plus là. C'est bizarre. Avant, elle et moi, on riait tout le temps. J'ai subitement l'impression qu'elle est entrée dans la cuisine en catimini et qu'elle rit avec nous. C'est peut-être un coup de mon imagination, mais ça fait du bien.

Je ramasse la farine tombée sur le sol avec une balayette et une pelle à poussière. En deux temps trois mouvements, la cuisine est propre et la quantité exacte de farine se trouve dans le saladier. Je sors un carton de lait du frigidaire.

— Il faut encore soixante grammes de sucre fin, dis-je.

— Je peux peser ? ! propose Tilly.

— Non ! dis-je précipitamment. Maintenant, c'est mon tour !

Je n'ai pas envie de nettoyer la cuisine une deuxième fois ni de finir en pain de sucre. Je sors deux paquets de sucre vanillé d'un tiroir et une boîte d'œufs du frigidaire et je dispose le tout sur la table.

— On peut commencer ! dis-je.

— Hourra ! crie Tilly en applaudissant.

— Verse le sucre sur la farine. Attention ! Tout doucement !

Tilly s'exécute lentement en tenant le plat de sucre à deux mains.

— Très bien ! dis-je en mélangeant le tout avec une cuiller en bois.

Tout à trac, je reçois un baiser sonore sur la joue, trop heureux qu'il ne se transforme pas en prise d'étranglement.

— Il faut encore ajouter ça, Tilly ! dis-je en montrant les deux sachets de sucre vanillé.

Elle ouvre les deux sachets avec difficulté et en verse délicatement le contenu dans le saladier. Je creuse un puits dans la farine avec la cuiller en bois.

— Ça, c'est pour le lait et les œufs. Moi, je casse les œufs, et toi, tu t'occupes du lait.

— OK ! répond-elle du tac au tac.

Quand elle voit qu'elle n'a presque pas débordé, elle s'applaudit à tout rompre.

— C'est bien, hein ?! demande-t-elle fièrement.

— Très bien !

Elle m'a transmis sa joie. J'ajoute les œufs et je mélange tous les ingrédients jusqu'à obtenir une pâte lisse et onctueuse.

— C'est le moment de cuire les crêpes ! dis-je en allumant la gazinière.

Je dépose une poêle sur le feu. Le beurre commence à fondre en grésillant, mais la joie de Tilly a subitement disparu. Elle s'approche en posant sur moi un regard grave.

— Maman et papa ne veulent pas que j'aille près du feu, dit-elle, boudeuse.

— Alors, tu vas dresser la table !

Son visage s'éclaire instantanément.

— Une table de fête ?!

Je fais oui de la tête.

— Génial, génial, génial ! crie-t-elle à tue-tête.

— Mon père dort, dis-je tout bas en posant un index sur ma bouche.

Elle se frappe le front.

— J'avais oublié !

Je lui montre l'endroit où sont rangées les assiettes, et elle dresse la table pendant que je cuis les premières crêpes. Quand je ne suis pas occupé à les faire sauter, je l'aide à découper des bandes de papier dans un vieux journal pour confectionner des guirlandes. Nous plions aussi deux chapeaux de papier.

Une demi-heure plus tard, je me retrouve

Siège Social : 38, b

à manger des crêpes avec ma voisine, une guirlande de papier journal autour du cou et un chapeau posé de travers sur la tête. J'ai bien travaillé : une tour de crêpes se dresse sur la table.

— Je n'ai jamais mangé de crêpes aussi délicieuses ! dit Tilly en mangeant bruyamment sa troisième.

Elle a une moustache de sucre.

— Dis, elle est vraiment morte, ta maman ? demande-t-elle tout à coup.

Sa question me prend encore plus au dépourvu que ses bisous et ses câlins. Je ravale bravement les larmes qui me montent aux yeux. Tilly devient rouge cerise et ferme les paupières comme un petit enfant qui comprend qu'il a dit une grosse, grosse bêtise.

— Je suis désolée, dit-elle doucement.

— Ça ne fait rien. Prends encore une crêpe !

La bouche pleine, elle ne pourra plus me parler de ma mère. Je ne veux pas qu'elle aborde ce sujet ! Elle reprend une crêpe.

— Elle était gentille ? demande-t-elle dans un murmure.

Je fais signe que oui et je lui montre son assiette.

CHAPITRE 14
MERDE, MERDE, MERDE !

Je n'ai pas vu le temps passer. J'ouvre de grands yeux étonnés quand Catherine sonne pour venir chercher Tilly. Déjà ! Tilly accueille sa mère avec exubérance et lui explique notre après-midi avec force détails. Catherine me fait un clin d'œil. Je lis un « merci » sur ses lèvres.

— Thomas cuit les meilleures crêpes du monde, maman ! fanfaronne Tilly.

— C'est vrai ? demande Catherine.

— Et je l'ai beaucoup aidé, hein, Thomas ?!

Je fais signe que oui. Tilly veut absolument que sa mère mange des crêpes.

— Je n'ai pas le temps, Tilly, proteste Catherine. J'ai promis à papa de faire une petite salade pour accompagner son risotto.

Je retire quelques crêpes de la tour. De toute façon, on ne peut pas s'empiffrer de crêpes toute la semaine, mon père et moi !

— Nous en avons beaucoup trop ! dis-je. Prenez-en quelques-unes pour tout à l'heure !

Tilly est folle de joie. Au moment de me dire au revoir, elle me serre contre elle de toutes ses forces et me passe les bras autour du cou en fermant les yeux.

— Est-ce que je peux revenir demain, dis, Thomas ?

— Thomas a peut-être prévu autre chose, intervient Catherine avec fermeté.

— Rien qu'une heure ! implore Tilly.

Ah ! Ces yeux suppliants ! Ils réveillent le cœur tendre qui sommeille en moi !

— Viens vers deux heures…

Tilly et Catherine sont parties depuis un bon moment quand j'entends tout à coup mon père hurler. Je me précipite dans son atelier, le cœur battant. Planté devant son chevalet, il se passe fébrilement une main dans les cheveux tout en tirant nerveusement sur sa cigarette.

— Qu'est-ce qu'il y a, papa ?

Question idiote. Il suffit d'ouvrir les yeux. Un immense sourire rouge a été placardé sur la moue triste du pantin. Il rit maintenant jusqu'aux oreilles. Et des ballons multicolores ont été attachés à ses bras de bois. Ça fait tilt immédiatement. Tilly avait de la peinture sur les mains… Elle savait que mon père dormait…

Je murmure :

— Tilly…

Mon père se retourne brusquement. Il me fait peur, avec ses yeux qui lancent des éclairs.

— Comment ça, Tilly ?! gronde-t-il.

— Quand j'étais aux toilettes, elle a sans doute…

— Merde ! éclate mon père. Merde, merde, merde !

— C'est toi qui l'as invitée, papa !

Honnêtement, c'est quand même pas ma faute ? !

Il consulte sa montre.

— Nom d'un chien ! ronchonne-t-il. Et Chapeau qui arrive dans une demi-heure !

Mon père s'est donné beaucoup de mal pour intéresser Chapeau. C'est un des galeristes les plus en vue et il ne travaille qu'avec les meilleurs artistes. Et voilà maintenant que la toile qu'il a commandée est fichue…

Désespéré, mon père saisit sa spatule, presse quelques tubes, flanque furieusement le peu de peinture qui en sort sur sa palette et commence à mélanger précipitamment les couleurs. Il veut sauver ce qui peut l'être avant l'arrivée de Chapeau, mais il n'a pas cette chance. À peine a-t-il trempé son pinceau dans la peinture que la sonnette de l'entrée retentit, dure et impitoyable.

— Qu'est-ce que je fais, maintenant ? ! grogne mon père, l'air d'un rat pris au piège.

Je vais ouvrir à Monsieur Chapeau en haussant les épaules.

— Bonjour, Thomas ! dit le galeriste.

Monsieur Chapeau connaît la maison. Il prend la direction de l'atelier sans l'ombre d'une hésitation. Il salue mon père d'une tape amicale sur l'épaule.

— Tout va bien, Paul ?

Monsieur Chapeau a peut-être du nez en matière d'art mais, pour le reste, il est aveugle comme une taupe.

TOUT VA BIEN, PAUL ?! Comment une phrase pareille a-t-elle pu traverser son cerveau ?! Mon père a l'air d'avoir avalé ses pinceaux et il a les jambes en compote !

— Monsieur Chap... Chap... Chapeau ! dit mon père en suant à grosses gouttes.

Il essuie ses mains moites sur son pantalon.

— Je... Je..., reprend-il en cherchant éperdument les mots justes.

Monsieur Chapeau se place devant le chevalet, examine de près la toile massacrée, fait un pas en arrière, avance ses lunettes sur le bout de son nez et observe la peinture par-dessus ses verres.

— Oh, oh ! dit-il avec un regard pensif.

— Je... je sais bien..., commence à s'excuser mon père en bafouillant. C'est une... Je...

En proie à une agitation extrême, il enfonce une nouvelle cigarette entre ses lèvres.

Monsieur Chapeau enlève ses lunettes et les essuie avec le coin de son mouchoir avant de les remettre sur son nez et de regarder attentivement le pantin que Tilly a joyeusement affublé d'une bouche de clown et d'une grappe de ballons. Un mystérieux sourire apparaît sur sa bouche. Il se met à siffler entre ses dents.

— Paul, c'est un chef-d'œuvre !

Quel mufle ! Se payer ainsi la tête de mon pauvre père !

— L'atmosphère sombre de cette toile..., dit Monsieur Chapeau en prenant l'air inspiré. Les yeux tristes du pantin... Les rides creusées autour de sa bouche qui trahissent son chagrin... Et puis, cette touche qui apporte la surprise, le contraste : le sourire peint à grands traits fermes... Et ces ballons si naïfs qui tranchent sur le réalisme minutieux du personnage... C'est une excellente trouvaille ! Incroyable, fantastique ! Paul, tu t'es surpassé !

Monsieur Chapeau déborde d'enthousiasme... pour un tableau raté ! Nous en restons babas. Mon père regarde Monsieur Chapeau comme s'il avait devant lui un brontosaure, mais il se garde bien de le contredire. Douter du bien-fondé d'un avis de Monsieur

Chapeau, ce serait commettre un crime de lèse-majesté. Là-dessus, tous les journaux et toutes les chaînes de radio et de télé sont unanimes. Dans son domaine, Chapeau fait la pluie et le beau temps.

— Tu vas tirer une belle somme de cette toile, annonce le galeriste avec enthousiasme. Impossible de faire mieux ! Elle frise la perfection ! Commence à la passer au vernis, Paul ! Plus vite elle sera sèche, plus vite je lui donnerai une place de choix dans ma galerie !

Mon père est toujours incapable de prononcer le moindre mot.

— Et je pense que le moment est venu pour toi d'avoir ta propre exposition, poursuit le galeriste. J'ai toujours cru en toi, tu sais ! Apparemment, tu es prêt ! Prends ton temps pour créer de nouvelles toiles, peut-être aussi quelques sculptures, et nous surprendrons tout le monde…

Une expo personnelle ! Chez Monsieur Chapeau ! Une galerie connue jusqu'à Paris, d'après mon père. Le rêve de tout artiste !

— Tilly est une muse qui s'ignore… commence mon père dès que Monsieur Chapeau quitte la maison.

Il n'achève pas sa phrase. Sa bouche esquisse une petite moue, s'arrondit et part d'un grand éclat de rire. Ça fait des semaines que je n'ai plus vu mon père rire, et voilà que je m'y mets aussi. Une fois de plus, j'ai l'impression que ma mère est là.

On dirait bien que la petite voisine trisomique a transformé la toile de ton père en chef-d'œuvre !, dit-elle en gloussant dans mon coin secret.

Mon père l'aurait-il également entendue ? Lui qui est habituellement si réservé, le voilà qui se tape sur les cuisses. Ma mère était la seule personne à lui faire cet effet-là.

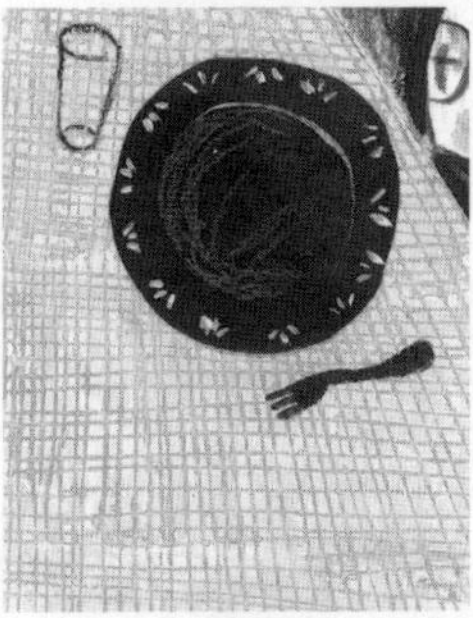

CHAPITRE 15
LES LARMES DE CROCODILE

Le lendemain, à deux heures tapantes, Tilly est devant notre porte. Elle a mis une robe brodée de coquelicots rouge écarlate avec des boutons jaune canari. On la croirait sortie d'un album à colorier, mais ces couleurs criardes correspondent parfaitement à son style Fifi Brindacier.

Elle tient l'assiette des crêpes devant son gros ventre comme si c'était un volant et, dès que j'ouvre la porte, elle entre dans la maison en criant « Vroum vroum vroum ! ». Elle freine des quatre fers à hauteur de la table de la cuisine.

— Salut, Thomas ! fait-elle joyeusement. On cuit encore des crêpes ? Maman et papa les ont trouvées délicieuses !

— On ne va quand même pas cuire des crêpes tous les jours ! dis-je, étonné.

— Pourquoi ?

Elle se frappe le front de la main.

— Oh, oui, maman vient me chercher tout à l'heure ! J'ai la permission de rester plus longtemps. Elle téléphonera !

La porte de l'atelier s'ouvre.

Mon père salue sa muse :

— Bonjour, Tilly. Tu es venue en voiture ?

— Oui, répond-elle en rougissant.

Gênée, elle dépose l'assiette sur la table.

— Tu as trouvé ça joli ? demande-t-elle avec des yeux rieurs.

— Quoi ça ? fait mon père, amusé, en feignant l'ignorance.

— Eh bien, le pantin sur ton tableau !

— Au début, non. Après, oui. Mon patron l'a trouvé magnifique. Je te suis très reconnaissant.

Revoilà le grand sourire sur les lèvres de Tilly. De contentement, elle se met à frapper dans ses mains potelées.

— Vrai de vrai ? !

Mon père fait oui de la tête. Mais, tout à coup, elle laisse retomber ses mains et fixe mon père très sérieusement.

— Tu sais pourquoi il était si triste, le pantin ? demande-t-elle doucement.

Mon père fait signe que non.

— Parce que sa maman est morte, chuchote Tilly.

C'est comme si le chagrin du pantin s'était introduit dans le corps de Tilly par un tuyau invisible. Je ne l'avais jamais vue aussi triste.

— C'est pour ça que je lui ai donné des ballons. Pour qu'il puisse voler jusqu'au paradis pour revoir sa maman encore une fois. Au paradis, c'est beau comme tout.

Elle a trouvé les mots qu'il fallait. Je vois que mon père est ému. Il détourne les yeux. Moi aussi, j'ai la gorge nouée. Mais le visage de Tilly redevient vite joyeux.

— Il était très content avec les ballons, ajoute-t-elle encore.

— J'en suis sûr, marmonne mon père.

Il prend une tasse dans l'armoire et se dirige vers le thermos de café. Un nombre incroyable de tasses sont empilées sur le plan de travail. Je me demande combien il y en a qui traînent dans toute la maison. Ma mère aurait baissé les bras depuis longtemps.

— Quels sont vos projets ? demande le mangeur de tasses.

— C'est Thomas qui décide ! s'exclame Tilly.

— Tu sais de quoi j'ai envie ? dit mon père. De confiture de mûres ! J'ai vu qu'il y en a plein dans les mûriers qui ne demandent qu'à être cueillies !

Tilly trouve l'idée excellente et commence à sauter sur place. Elle se plante devant moi en me fixant de ses yeux suppliants.

— On fait de la confiture, Thomas ?!

— Je veux bien, dis-je en grommelant.

Mon père retourne dans son atelier. Il vient de vernir le pantin, il a posé une toile blanche sur son chevalet et il réfléchit déjà au prochain tableau de son exposition.

Je tends une passoire à Tilly, j'en prends une pour moi et j'emporte aussi le petit seau qui se trouve sous l'évier.

— Fais bien attention car les mûriers ont des épines ! Ça pique ! dis-je.

— Je sais bien. Comme les roses, hein ? !

Je fais oui de la tête. Nous pénétrons dans le jardin. La température s'est un peu rafraîchie, mais il fait encore très chaud. Je pourrai peut-être bientôt retourner dormir dans ma chambre.

Mon père a raison. Les mûres sont tellement gorgées de jus qu'elles sont près d'exploser.

Tilly cueille les fruits en tirant la langue, signe qu'elle s'applique. Elle les dépose dans la passoire avec d'infinies précautions.

— Avant, tu faisais aussi de la confiture de mûres avec ta maman ? demande-t-elle.

— Oui.

— Et vous veniez les cueillir ici, comme nous maintenant ?

Je fais oui de la tête.

— Et quoi encore ?

— Comment ça, quoi encore ?

— Vous faisiez quoi encore ?

— Des crêpes.

— Des crêpes, on en a déjà fait, hein ? !

Je fais oui de la tête.

— Et quoi encore ?

Nom d'un chien, c'est pas bientôt fini, les questions ? !

— De la limonade avec les fleurs de sureau et de la gelée avec les fruits.

— C'est quoi, du sureau ?

Je lui en montre un qui déploie ses branches près de la caravane.

— On fera de la limonade, la prochaine fois ?

— C'est trop tard. Les fleurs sont fanées, mais on peut encore faire de la gelée.

— Alors on fera de la gelée ! dit-elle en riant. Mais dis, Thomas, alors, vous veniez dans notre jardin ? !

Je fais oui de la tête.

— Et quoi encore ?

— On cueillait des fleurs de tilleul pour faire du thé.

— Les fleurs de tilleul, ça pousse sur les tilleuls ?

Toutes ces questions commencent à me fatiguer.

— Oui, dis-je en soupirant. Ça me paraît logique.

— Dans notre ancien jardin, on avait aussi un tilleul. Tilleul, Tilly, tu piges ?

Elle s'interrompt un moment pour m'interroger du regard.

— Je comprends. Avec un T tous les deux.

— Avec TIL tous les deux ! corrige-t-elle.

Elle cherche vraiment la petite bête !

— Je voulais emporter mon tilleul avec moi, mais maman et papa m'ont dit qu'il risquait de mourir. On est content qu'il y ait aussi un tilleul près de notre nouvelle maison. Maintenant, c'est mon arbre !

Et la voilà qui se met à raconter une histoire d'elfes et de lutins tapis dans un tilleul qui lancent des fleurs sur la tête des gens. Je n'écoute plus. J'acquiesce de temps en temps, et ça suffit pour qu'elle reparte de plus belle.

— À l'école des lutins, il y a des farfadets qui font des boulettes de fleurs de tilleul et qui les lancent à la tête de leur instituteur. C'est mamy qui me l'a raconté !

— Elle en sait des choses, ta mamy !

Je suis déjà bien content que Tilly ne parle

plus de ma mère. Elle n'a rien à faire dans mon coin secret.

Ma passoire est presque remplie à ras bord quand Tilly se met subitement à hurler à gorge déployée. De peur, j'en lâche le récipient. La moitié de ma récolte tombe dans l'herbe.

— Que… que… qu'est-ce qui se passe ? !

— Je saigne à la jambe ! hurle Tilly comme un cochon qu'on égorge.

Quand je vois sa jambe ensanglantée, je prends peur, puis j'éclate de rire. Tilly tremble de tout son corps et pleure comme une Madeleine. Une vraie comédienne ! Alors là, c'est une championne toutes catégories !

— Pourquoi tu te moques de moi ? ! sanglote-t-elle. Ça fait mal ! T'es qu'un méchant !

— Mais non, ça ne fait pas mal ! C'est du jus de mûre !

Du jus a coulé sur sa jambe à travers les trous de la passoire. Je passe un doigt sur sa jambe pour goûter.

— Tu vois bien, c'est du jus de mûre !

Mais Tilly n'est toujours pas rassurée. Les yeux plissés, elle se frotte prudemment la jambe d'un doigt tremblant. Après quelques hésitations, elle enfourne lentement son index dans sa bouche. Elle ferme les yeux pour mieux sentir le goût. Son visage s'éclaire. J'essuie une larme qui coule sur sa joue.

— Tu sais ce que c'est, ça ? dis-je.

— Des larmes ?

— Presque ! Des larmes de crocodile !

— C'est pas vrai ! Je suis même pas un crocodile !

Quelle sotte ! Je ramasse les mûres tombées par terre en pouffant. Avec Tilly, en tout cas, on ne s'ennuie pas !

CHAPITRE 16
LE CHARIOT

Quand Tilly décrète qu'elle va aller chercher son chariot pour transporter les mûres dans la cuisine, je n'en crois pas mes oreilles. C'est à moins de dix mètres !

— Ce serait aussi simple de les porter nous-mêmes, dis-je.

— Ce sera plus facile avec mon chariot,

répond-elle, têtue comme une mule. Tu verras ! crie-t-elle. J'arrive !

Et elle part en courant.

Je transvase les mûres de ma passoire dans le petit seau et je continue ma cueillette. J'entends Tilly pleurnicher dans son jardin, Catherine pousse un petit cri et Tilly triomphe en disant que ce n'est que du jus de mûre. Fifi Brindacier a encore frappé !

Ma deuxième passoire est pleine quand Tilly revient dans notre jardin en tirant un chariot cahotant derrière elle. Il est plus grand que je ne pensais. C'est une caisse à savon peinte en bleu lavande sur laquelle son prénom s'affiche en lettres énormes. À l'arrière, il y a un petit drapeau accroché à un bâton.

— Qu'est-ce que tu en penses, de mon chariot ? demande-t-elle, radieuse.

— Joli !

— C'est papa qui me l'a fabriqué ! dit-elle fièrement. J'ai bien eu maman. Elle a cru que c'était du sang !

— Oui, j'ai entendu.

Elle s'est lavé les jambes. Elle s'approche de moi, se dresse sur la pointe des pieds et me chuchote à l'oreille, la main en cornet :

— Tout à l'heure, je remettrai du jus sur ma jambe, pour faire la blague à papa !

Elle pose son index sur sa bouche.

— Tu ne dis rien, promis ? !

Pourquoi fait-elle tout ce cinéma ? Son père est à son travail, il ne peut pas l'entendre. Mais avec Tilly, il ne faut pas se poser de questions : elle s'en charge.

— On a assez de mûres, Thomas ?

Je regarde le seau et les passoires.

— Je pense que oui.

— S'il te plaît, je peux rester encore un peu ? Maman viendra me chercher. Elle doit aller faire une course. Je peux rester, dis, Thomas ? !

Quand elle me regarde avec ces yeux implorants, je me sens fondre comme un sorbet au soleil. Impossible de lui dire non !

— D'accord.

— C'est d'accord ! hurle-t-elle, les mains en porte-voix, en direction de son jardin.

— Tu es sûre ? crie Catherine.

— Ouiiiiii !

Tilly caresse son chariot comme si c'était un bon chien fidèle.

— Mon chariot va faire tout le travail !

dit-elle fièrement. On n'a qu'à suivre !

Elle dépose le seau dans le chariot et les passoires à côté.

— Tu as la permission de conduire ! annonce-t-elle solennellement en me mettant la poignée dans la main.

À voir son visage, c'est un grand honneur. Mais je me sens complètement idiot à tirer son chariot jusqu'à la cuisine, avec elle qui caracole autour de moi comme un fou du roi.

CHAPITRE 17
LE CIEL

Je jette une poignée de sel dans l'eau.

— C'est pour les bêtes, dis-je. Il y a souvent des petits vers dans les mûres.

Évidemment, Tilly veut m'imiter. Pour éviter les risques, je lui mets un peu de sel dans la main avant qu'elle ne vide le paquet entier dans l'évier. Puis, nous versons les mûres dans l'eau salée. Pendant qu'elles trempent, je nous sers un verre de limonade car la cueillette nous a donné soif. Nous rinçons une passoire de mûres, chacun à notre tour. Je monte la garde à côté de Tilly car je ne veux pas qu'elle transforme la cuisine en piscine.

Nous égouttons les fruits et nous les pesons petit à petit : nous avons cueilli plus de deux kilos ! Pas mal ! Je consulte le livre de recettes pour calculer la quantité de sucre dont nous avons besoin et je sors plusieurs paquets de l'armoire. Avant de verser les mûres dans la casserole, nous retirons encore quelques petites tiges ici et là.

— Elle est où, ta maman, maintenant ? demande soudain Tilly.

Je la fusille du regard. Je suis tout à fait d'accord pour cuire des crêpes ou cueillir des mûres avec elle, mais je lui interdis d'aller farfouiller dans mon coin secret ! Pourquoi faut-il toujours qu'elle me parle de ma mère ? !

— Ma maman est au cimetière, dis-je sèchement. Dans un cercueil, sous une pierre, avec les vers de terre.

Tilly se mord la lèvre inférieure. Quand la casserole est pleine, j'ajoute l'exacte quantité de sucre indiquée dans le livre de recettes. Je fourre une cuiller en bois dans la main de Tilly et je lui fais signe de remuer. Elle est tellement absorbée par ses pensées qu'elle en oublie de tirer la langue. Pendant ce temps, je vais chercher des bocaux dans la cave. Je les dépose brutalement sur le plan de travail, pour faire le plus de bruit possible. Tilly lâche sa cuiller dans la casserole et se bouche les oreilles. Elle me fixe de ses yeux tristes. Quand j'ai aligné tous les bocaux sur une rangée, elle se met à tripoter nerveusement ses tresses, toute misérable.

— Ne sois pas fâché, Thomas, dit-elle penaude, l'air d'une petite souris terrorisée. Je ne veux pas me disputer avec toi ! Tu es mon ami !... Mais ta maman est vraiment sous une pierre ?!

Je hausse les épaules.

La petite souris effrayée continue à couiner.

— Ma mamy dit que quand les gens sont morts, ils reçoivent des ailes et ils s'envolent jusqu'au ciel ! Ils vont au paradis, derrière les nuages ! Il y a des bonbons qui poussent sur les arbres et des lacs de limonade ! C'est vraiment chouette ! Comme si c'était un goûter d'anniversaire, mais tous les jours…

Elle m'interroge du regard en mettant son pouce en bouche. On peut faire croire ce qu'on veut à un trisomique. Tantôt, c'étaient des lutins qui lançaient des fleurs, maintenant c'est un paradis rempli de bonbons !

— C'est pas possible ! dis-je fermement.

Ma réponse lui fait mal. Tilly se recroqueville sur elle-même et cligne des yeux comme un oiseau apeuré.

— Pourquoi ? chuchote-t-elle.

— T'as déjà vu quelqu'un avec des ailes ? !

Elle réfléchit.

— Non, dit-elle dans un murmure.

Tilly s'est rongé les ongles du pouce et de plusieurs autres doigts. Elle triture maladroitement les boutons de sa robe.

— Donc, ta maman n'est pas au ciel, mais elle est toujours dans un cercueil, sous une pierre ?

— Plus ou moins.

Je n'ai aucune envie d'être gentil, même si je vois bien que ses questions partent d'une bonne intention. Je regrette d'avoir réagi comme ça. À vrai dire, je ne suis pas fier de moi. Un sentiment de culpabilité court le long de mon dos comme une famille d'araignées. Je nage en pleine confusion. Mes pensées roulent pêle-mêle les unes sur les autres comme du linge dans un séchoir. Hier, je sentais ma mère près de moi – alors, pourquoi je parle de son cercueil et des vers de terre ?!

Tilly fixe ses yeux bleus mouchetés de blanc sur moi. J'y lis une grande empathie.

— Les morts attendent peut-être que tout le monde dorme pour s'envoler dans le ciel ? dit-elle pour tenter de me consoler. Ou alors, c'est ma mamy qui ment, ajoute-t-elle après un moment de silence. Tu sais, ça lui arrive ! Par exemple, elle dit à maman et à papa qu'elle ne boit qu'un petit verre avant de se coucher, mais quand je suis allée dormir chez elle, elle en a bien bu trois ! Peut-être qu'elle ment aussi à propos des ailes.

— Peut-être.

Tilly laisse flotter son regard, un sourire aux lèvres.

— Ce serait bien si ta maman était au paradis, entre les arbres pleins de bonbons et les lacs de limonade…

Elle fait comme si elle marchait entre les arbres à bonbons et qu'elle se couchait pour boire de la limonade dans un lac avec une paille. La petite souris apeurée est sortie de scène pour céder la place à Fifi Brindacier. Subitement, elle referme ses doigts potelés et brandit le poing.

— Ta maman doit aller au ciel ! crie-t-elle, enflammée.

J'ai quelques doutes au sujet de sa vision du paradis, mais je suis ému de voir à quel point Tilly s'inquiète du sort de ma mère. Une bouffée de chaleur m'envahit, et j'ai envie de faire la paix avec elle. Si quelqu'un a le droit d'entrer juste un peu dans mon coin secret, c'est bien elle.

— Je regrette d'avoir été si désagréable avec toi, dis-je.

— Tu n'es plus fâché ? demande-t-elle d'une voix claire.

Je secoue la tête.

— Il y a quelque chose que je voudrais te raconter, Tilly.

Elle s'assied sur le bord de sa chaise, met ses tresses derrière les oreilles pour mieux entendre et pose son menton dans ses mains.

— Prête ! dit-elle.

Je fouille dans mon coin secret. Les beaux moments passés avec ma mère défilent devant moi comme dans un film et je raconte ce que je vois. Ma mère et moi à la chasse aux papillons… Ma mère et moi à la recherche de fossiles et de dents de requin sur la plage… Ma mère et moi qui applaudissons mon père à tout rompre alors qu'il danse autour de la table avec la tasse attachée à son cou…

Fifi Brindacier est sous le charme. Elle ne dit plus un mot. Elle écoute, bouche ouverte, avec son pouce mouillé qui pendouille au coin de sa bouche. J'ai de nouveau l'impression que ma mère est là, dans un coin de la pièce, et qu'elle nous écoute. J'ai tellement envie que cette sensation dure toujours que je continue. Ça me fait du bien de parler de ma mère. Les mots sortent tout seuls de ma bouche et, pas une seconde, je ne regrette de partager ces moments avec Tilly. Ma voix s'étrangle. Je prends mon courage à deux mains. Petit à petit, je raconte l'accident dans lequel ma mère est morte. Je dis aussi que, chaque matin quand je me réveille, j'espère de toutes mes forces que ce n'était qu'un mauvais rêve.

— Mon père a sculpté des papillons sur sa tombe… Des dizaines de papillons…

C'est la dernière chose que je parviens à dire.

Les larmes que j'avais encore réussi à ravaler hier roulent maintenant sur mes joues. Tilly vient s'asseoir à côté de moi. Elle passe son gros bras autour de mon cou et me donne plusieurs baisers mouillés sur le front. Je n'ai jamais été un chaton qui aime se faire câliner, mais je la laisse faire.

— Pleure, murmure Tilly. Ça fait du bien, mon papa dit toujours ça.

Les larmes continuent à couler comme s'il y avait une fuite dans ma tête. Les épaules de Tilly commencent à tressauter elles aussi.

— Thomas, ta maman doit aller au ciel ! dit-elle en sanglotant.

— Oui.

J'espère que mon père ne va pas entrer dans la cuisine à cet instant précis et me voir dans cet état. Quand je parviens enfin à me calmer, j'ai les yeux tout rouges. Tilly aussi ressemble à un albinos. Elle sort un mouchoir de sa poche et j'arrache une feuille du rouleau d'essuie-tout pour me moucher. Marc a raison. Pleurer, ça fait du bien, mais je n'ai pas l'habitude.

— Quel pleurnichard ! dis-je, honteux.

— Pleurer, c'est super ! répond Tilly comme si c'était un sport de compétition.

CHAPITRE 18
LES BALLONS

Je mets la casserole sur le feu. Le mélange commence bientôt à bouillonner et je remue jusqu'à ce que les fruits rendent tout leur jus. Un quart d'heure plus tard, la confiture a pris. Tilly en a profité pour préparer une table de fête. Au menu : tartines à la confiture de mûres !

— Avec les crêpes, on avait des guirlandes et des chapeaux, dit-elle. Aujourd'hui, il nous faut quelque chose qui va avec les tartines de confiture !

Elle pose un doigt sur son menton et regarde le plafond comme si elle y lisait quelque chose.

— Vous avez des ballons, Thomas ?

Après avoir retiré la casserole du feu, je prends au fond d'un tiroir une boîte remplie de gadgets d'anniversaire. Sous des bougies à moitié consumées, je trouve un petit sac de ballons, avec des rubans pour les attacher. Je lance le sac à Tilly. Elle essaie de l'attraper au vol, mais elle est trop lente. Il atterrit à terre, juste à côté d'elle.

— Mal lancé ! dis-je.

Je reçois un sourire resplendissant en retour. Pendant que je verse la confiture toute chaude dans les bocaux avec une louche, Tilly gonfle des ballons. Ensuite, je les attache aux chaises et à la table avec les rubans. Cela fait un tableau du plus bel effet.

— C'est joli, hein ?! dit Tilly en riant.

Je fais oui de la tête. J'ai mis de la confiture sur un plat pour qu'elle refroidisse plus vite. Elle est encore tiède quand je prépare une tartine pour mon père. Je lui apporte son assiette dans l'atelier. Il est assis devant sa toile blanche, les yeux rougis. Si je ne le connaissais pas mieux, je penserais qu'il a pleuré, mais ce n'est pas son genre.

— L'inspiration ne vient pas, soupire-t-il.

— La confiture de mûres fait des miracles.

— Tu crois ? dit-il distraitement en portant sa tartine à la bouche.

Il mord dedans. Apparemment, ça lui plaît. Il s'arrête pour me regarder. Il doit rester des traces de larmes sur mon visage.

— Tu vas bien ? demande-t-il, soucieux.

— Ouais.

— Sûr ?

— Ouais, dis-je encore avant de courir vers la cuisine.

Évidemment, Tilly trouve les tartines de confiture de mûre superdélicieuses ! *La meilleure confiture du monde !* J'ai rempli au moins quinze pots. Je comprends tout de suite où elle veut en venir, la coquine.

— Tu peux prendre deux pots chez toi. Pour que tes parents puissent la goûter, cette confiture superdélicieuse !

Elle applaudit des deux mains et me donne une bourrade amicale.

— Vive Thomas !

— Aïe !

C'est qu'elle m'a fait mal, l'andouille ! Je vais sûrement avoir un bleu !

Quand Tilly a dévoré quatre tartines, elle se lève.

— Je rentre chez moi !

Je la regarde, surpris.

— Comment ça, tu rentres chez toi ? Je pensais que ta mère venait te chercher !

Gênée, Tilly fixe ses orteils qui sortent de ses sandalettes bleu vif ornées de fleurs en plastique. Son gros orteil est très écarté des autres. Elle est rouge comme une écrevisse.

— J'ai déjà quinze ans, grogne-t-elle. Je ne suis plus un bébé.

Elle a raison, bien sûr.

— Pardon.

Elle regarde les ballons et me refait le coup du regard suppliant.

— Je peux les avoir ? implore-t-elle.

— Quelle canaille tu es !

Elle ferme les yeux, s'agenouille et joint ses mains comme si j'étais un saint.

— Allez, Thomas ! Je t'en supplie ! J'en ai vraiment besoin !

Elle est encore plus redoutable qu'un chiot en pleurs. Sans compter que je n'ai aucune expérience de sainteté…

— Remets-toi vite debout et prends-les, tes ballons !

Elle se relève et essaie de dénouer les ficelles. Je l'aide, et nous les attachons l'un après l'autre à son chariot. Puis, elle y range les deux bocaux de confiture que je lui avais promis.

— Un petit cadeau pour maman et papa ! dit-elle en souriant.

Elle empoigne le manche et se dirige vers le couloir de l'entrée en faisant brinqueballer son chariot derrière elle.

— À la prochaine, Thomas ! Au revoir, Pau-aul ! crie-t-elle en direction de mon père.

— Au revoir ! répond-il.

CHAPITRE 19
DISPARUE !

Installé en pyjama dans le canapé de l'atelier, je lis. Enfin, lire n'est pas le mot exact. Mes yeux jouent à saute-mouton sur les mots, dansent d'une ligne à l'autre et courent au fil des pages. Mes pensées vagabondent…

C'est décidé. S'il continue à faire moins chaud, demain, je retourne dormir dans ma chambre ! De temps en temps, je regarde mon père à la dérobée par-dessus mon livre. Il feuillette mollement de vieux magazines avant de les jeter en tas. Visiblement, il cherche une idée de tableau. Parfois, il pose un œil vexé sur son chevalet, comme si la toile blanche était un diablotin qui se moquait de lui alors que c'est juste un bête morceau de tissu. Son cendrier est rempli de mégots, et un paquet de cigarettes vide et froissé gît à côté de lui. Sans cigarette, il est généralement d'une humeur de chien.

On sonne. Mon père laisse tomber son magazine sur la pile et consulte sa montre.

— Qui cela peut-il bien être ? bougonne-t-il en se dirigeant vers la porte d'entrée.

J'entends immédiatement un brouhaha de voix surexcitées dans le hall d'entrée. Je me redresse. On dirait Marc et Catherine. Mon père accourt dans l'atelier, livide.

— Tilly n'est pas rentrée ! crie-t-il. Elle a disparu !

Je sens ma tête se vider de son sang. Mon cœur commence à battre la chamade.

— Quoi ?! dis-je d'une voix étranglée.

— Elle a disparu, Thomas ! Disparu ! dit mon père d'une voix blanche.

Faute de cigarettes, il rallume un mégot qui traîne dans le cendrier. Il le tient entre le pouce et l'index et tire dessus nerveusement avant de l'écraser à nouveau dans le cendrier. Tilly aurait fait une fugue ? ! Ça me paraît fort de café. Je n'arrive pas à y croire. Il n'y avait pas le moindre nuage à l'horizon quand elle m'a quitté en tirant son chariot décoré de ballons ! Et elle était folle de joie à l'idée d'offrir des bocaux de confiture à ses parents ! Si au moins elle m'avait dit qu'elle s'était disputée avec eux ou qu'elle était triste, je comprendrais, mais elle est partie si joyeuse…

— Ce… ce… ce n'est pas possible, dis-je.

— Marc et Catherine pensaient qu'elle était peut-être encore ici, dit mon père.

— Ça fait des heures qu'elle est partie, papa !

— C'est ce que je leur ai dit, soupire-t-il.

Sur ces entrefaites, Marc et Catherine sont entrés dans l'atelier. Le visage de Catherine est rouge comme une pivoine et maculé de taches. Ses épaules tressautent, elle pleure.

— Thomas, sais-tu où est ma petite fille ? ! dit-elle, désespérée, dans un cri étouffé.

J'ai tellement mal pour elle !

— Aucune idée, dis-je de but en blanc. Je suis désolé, Catherine…

Elle se cache le visage dans un mouchoir et pleure de plus belle. Marc lui passe un bras autour de la nuque et tente de la consoler.

— Catherine chérie ! Ce n'est pas comme ça qu'on va retrouver Tilly !

Il essaie de donner le change, mais ses genoux s'entrechoquent et sa lèvre inférieure tremble. Ils sont complètement déboussolés, tous les deux. On le serait à moins. Où peut bien se cacher notre petite Fifi Brindacier ?

— On va lancer un avis de recherche ! annonce mon père avec un calme que je ne lui connais pas. Nous allons passer le village au peigne fin ! Il n'y a que quelques rues. Si vous voulez mon avis, Tilly ne peut pas être bien loin ! On va réquisitionner des voisins et se répartir en petits groupes. Prenons nos portables pour nous tenir au courant ! Thomas ! Habille-toi et va chercher les Verdonck et les Dugardin !

Je n'en reviens pas. Je n'avais jamais vu mon père comme ça. Le balourd s'est métamorphosé en général ! Et un général doté du sens de l'organisation, en plus ! *Ne sous-estime pas ton père. Quand on a vraiment besoin de lui, on peut compter sur lui. Plus que sur n'importe qui*, m'avait dit un jour ma mère.

Je n'avais pas compris, parce que je ne l'avais jamais vu qu'occupé à barboter dans sa peinture. Maintenant, c'est extrêmement clair. Je suis subitement très fier de mon père. Je cours à la salle de bains. Marc et Catherine sont déjà dans la rue pour ratisser une partie du village quand les autres voisins arrivent. Mon père leur explique en deux mots ce qu'il attend d'eux. Ils s'échangent leurs numéros de téléphone et, quelques minutes plus tard, ils prennent la direction des autres rues du village. Mon père et moi, nous restons seuls.

— Je… je… je ne t'ai jamais vu… comme ça, dis-je.

— Pas le temps de discutailler ! dit fermement le général nouvellement promu. Nous devons fouiller les alentours du terrain de football et le bois !

Après avoir rangé son portable dans sa poche, mon père sort de la maison à pas de géant. Lui qui d'habitude perd son temps à musarder, j'ai du mal à le suivre. En courant derrière lui pour le rattraper, j'ai l'impression d'être le Petit Poucet, mais sans bottes de sept lieues. Le temps que nous franchissions la distance qui sépare le terrain de football du bois, il a déjà téléphoné à tous les groupes. Personne n'a retrouvé Tilly. Elle a bel et bien disparu.

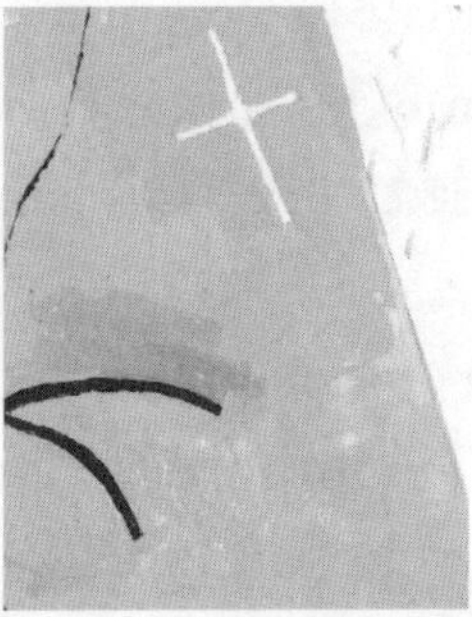

CHAPITRE 20

ON CROISE LES DOIGTS

La nuit tombe. Mon père et moi, nous avons fouillé le bois et le terrain de football dans leurs moindres recoins. Il a ralenti le pas. J'ai la tête comme un seau et mes jambes pèsent dix tonnes, comme si on m'avait vidé de tout mon courage. Les choses se présentent mal. Nous avons vraiment cherché partout. Où

Tilly pourrait-elle bien être ? Je gamberge, je me creuse la cervelle, je me triture les méninges, je fouille même dans mon coin secret. Tilly voulait tellement que ma mère aille au paradis ! Près des arbres à bonbons et des lacs de limonade… Je n'avais jamais rien entendu de si gentil…

À l'instant même où cette pensée me traverse l'esprit, j'ai l'impression que ma mère me souffle quelque chose à l'oreille.

— J'arrive, maman ! dis-je.

Mon père s'arrête net et me prend par les épaules, complètement désarçonné. Subitement, il ne reste plus rien du général.

— Qu'est-ce qui te prend, Thomas ?!

Les larmes roulent sur mes joues.

— Je veux aller près de maman !

— Près de maman ? répète-t-il, interloqué. Mais, Thomas, maman est…

Les mots lui restent dans la gorge.

— Près de sa tombe ! dis-je.

— Sa tombe…, murmure-t-il d'une voix étranglée.

Il reste silencieux un long moment, puis il me prend par la main, et nous nous mettons en route vers le cimetière.

La grille aux volutes de fer est entrouverte. Il fait encore plus sombre dans le cimetière que dans la rue. C'est parce qu'il y pousse d'énormes hêtres. Les tombes se découpent dans l'air du soir, telles des ombres majestueuses. Même les fleurs ont pris une teinte grisâtre. Demain, quand le soleil brillera à nouveau, tout retrouvera ses couleurs. Nous suivons le sentier en faisant crisser le gravier sous nos pas. Une petite lumière luit près de la tombe de ma mère.

— Mais qu'est-ce qui se passe ?! bredouille mon père.

À côté de la tombe, nous voyons danser des ombres : des ballons, un chariot orné d'un drapeau et deux tresses à la Fifi Brindacier. Une fête aux couleurs de kermesse, teintée de gris par la pénombre.

— Tilly ! dis-je, stupéfait.

— Ça alors ! murmure mon père.

Il lâche ma main pour saisir son téléphone. Je cours vers la tombe et je m'agenouille près du chariot.

— Tilly ! Ta maman et ton papa sont morts d'inquiétude ! T'es complètement dingue !

Elle hausse les épaules.

— Et comment tu as trouvé la tombe de maman ? !

— Grâce aux papillons. J'ai apporté des ballons pour que ta maman puisse aller au ciel.

J'ai la gorge nouée. Adorable, adorable petite Tilly ! Je voudrais lui dire quelque chose, mais je ne trouve pas les mots. Il n'est pas toujours nécessaire de parler. Je pose un gros bisou sur son front.

— Aïe ! fait-elle en riant.

Mon père nous a rejoints. On entend les voix de Marc et de Catherine au loin.

— Par ici ! crie mon père en direction de la grille.

Sa voix se répercute sur les tombes et les murs du cimetière. On entend des pas pressés sur le gravier. Catherine se précipite vers Tilly et la prend dans ses bras.

— Ma petite fille ! dit-elle entre deux sanglots.

Des larmes de bonheur coulent sur ses joues.

Tilly se dégage.

— Tu m'as toute mouillée ! dit-elle d'un air de reproche.

Catherine prend le visage de Tilly dans ses mains.

— Nous pensions qu'il t'était arrivé quelque chose de grave ! dit-elle. Nous étions terriblement inquiets ! Ne fais plus jamais ça ! Plus jamais ! Tu m'entends ? !

— Je suis désolée, marmonne Tilly. J'attendais que la maman de Thomas s'envole au paradis.

— Qu'elle s'envole au paradis ? grommelle Marc, surpris.

— Oui, répond Tilly d'une voix claire. Pour que Thomas ne soit plus jamais triste. Au paradis, il y a des arbres à bonbons et des lacs de limonade… Ça sera superchouette pour sa maman. Beaucoup mieux que dans un cercueil, sous une pierre, avec les vers de terre !

Fifi Brindacier a trouvé des mots imparables. Nous restons sans voix. Un ange passe…

Enfin, Marc rompt le silence :

— C'est très gentil de ta part, Tilly, vraiment. Mais tu ne peux tout de même pas passer la nuit ici, ma chérie.

— Si, si ! Je veux voir sa maman monter au ciel !

Mon père se racle la gorge.

— Non, ce n'est pas nécessaire, Tilly. Nous allons attacher les ballons aux papillons. Si demain ils ont disparu, ce sera la preuve que la maman de Thomas est partie au paradis. Nous viendrons voir demain matin. Enfin, si tes parents sont d'accord.

— Aucun problème, dit Marc.

— D'accord, marmonne Tilly. J'espère que les ballons seront partis. Toi aussi, hein, Thomas ? ! Croisons les doigts !

— Ouais, dis-je.

CHAPITRE 21
LE BÉNÉFICE DU DOUTE

Je suis couché sur le canapé, les draps tirés jusqu'au menton. Mon père a pris la dernière tasse de l'armoire et se verse du café.

Tout à coup, je lui demande :

— Tu y crois, toi, au paradis ?

Il avale une gorgée de café, choisit un mégot dans le cendrier et cherche une allumette intacte car, comme toujours, la boîte est remplie d'allumettes qui ont déjà servi. Il allume son mégot au risque de se brûler le nez. Revoici le papa auquel je suis habitué.

— J'ai toujours pensé qu'il n'y avait pas de vie après la mort, dit-il. Dieu et son paradis, ça n'a jamais été ma tasse de thé.

Ça, je sais bien. Ce n'est pas la première fois que je l'entends dire ça. Surtout après quelques verres de vin, il peut être intarissable sur le sujet.

— Mmm, dis-je.

— La mort, pour moi, c'était comme une lumière qui s'éteint. *Finito* ! soupire-t-il. Mais depuis que maman n'est plus là, je doute parfois.

— Comme la fois où on a rigolé ?

Il pose sur moi un regard étonné.

— Exactement.

— J'ai eu la même impression, papa.

Le mégot s'est éteint. Mon père en choisit un autre dans le cendrier, se remet à fouiller dans la boîte d'allumettes et tente une deuxième fois de se brûler le nez.

— Il ne faut pas trop se compliquer la vie, grommelle-t-il. Je me donne le bénéfice du doute.

Le bénéfice du doute… J'essaie de comprendre.

— S'il y avait vraiment quelque chose, ce serait bien, explique-t-il. S'il n'y a rien… eh bien… c'est comme ça.

Je comprends ce qu'il veut dire. Le ramasse-mégot me regarde dans les yeux.

— Tu sais, dit-il, maman me manque énormément. Tous les jours.

C'est bizarre d'entendre mon père prononcer des mots comme ça.

— Toi aussi ? me demande-t-il.

Je détourne les yeux.

— Terriblement, dis-je d'une voix à peine audible.

Mes yeux picotent, et je sais qu'il a lui aussi du mal à retenir ses larmes. Je l'entends avaler sa salive.

— Faut faire gaffe, dis-je en essayant de rire, sinon on va passer notre temps à pleurer comme des veaux.

— Et à bavasser comme des perruches, ajoute-t-il.

Il a raison. Je crois que nous n'avons jamais tant parlé.

— Et à rire comme des babouins, dis-je

pour en rajouter une couche. Comme la fois où nous nous sommes bidonnés si fort… C'était comme si maman nous avait laissé un peu d'elle-même.

— Je suis si content que tu sois là, Thomas, murmure mon père.

Il vient s'asseoir sur le bord du canapé et me serre la main.

— Qu'est-ce que je suis bien avec toi, mon gars !

Je ne fais plus d'effort pour ravaler mes larmes. Je les laisse couler sur mes joues. Je saisis mon père par les épaules et je le serre contre moi. Beaucoup trop fort, exactement comme Tilly. Peut-être qu'il va en garder des bleus lui aussi. Il pue le café et les sales mégots, mais je m'en fiche complètement. J'enfonce mon visage dans le gras de son épaule. Il m'entoure de son bras et me caresse la tête. Les lézards pleurent comme ils n'ont jamais pleuré. On finit par se détacher l'un de l'autre quand mon pyjama et le tee-shirt de mon père sont complètement trempés. Il se lève et se met à chercher un dernier mégot dans le cendrier. La pêche est maigre. Ils ont tous été fumés deux fois.

— Ça t'embête si je vais chercher un paquet au distributeur ?

— Mais non, papa. Vas-y.

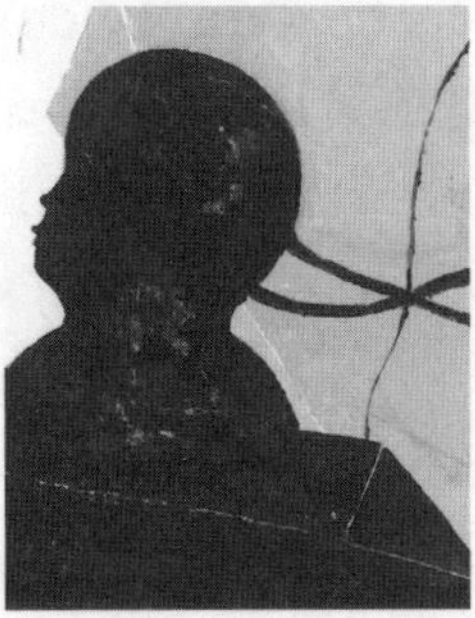

CHAPITRE 22
LA RONDE

Le matin, c'est une odeur de café, de cigarette, de peinture et de térébenthine qui me réveille. Mon père est debout, près du canapé. Pas rasé et encore avec les mêmes vêtements qu'hier. Je me demande s'il a dormi. Ça lui arrive de plus en plus souvent, de travailler toute la nuit.

— Habille-toi vite ! dit-il avec une voix d'oiseau de nuit. On va au cimetière ! Je vais chercher Tilly.

Quand j'entre dans la cuisine, Tilly est déjà là à piaffer d'impatience. Aujourd'hui, elle porte un short à pois multicolore et un tee-shirt auquel sont accrochés des fruits en plastique.

— Palpitant, hein ?! s'exclame-t-elle joyeusement. Tu as croisé les doigts, Thomas ?!

— Oui.

Ses yeux bleus mouchetés de blanc pétillent d'impatience. J'ai de la peine pour elle. Elle va être tellement déçue si les ballons ne sont pas partis ! Et ils y seront encore, j'en mettrais ma main au feu.

Il y a du brouillard. Des traînées de brume planent au-dessus des champs, comme des morceaux d'ouate étirés. Tilly sautille à côté de moi.

— Des nuages de barbe à papa ! Je suis sûre qu'il y en a au paradis !

Le cimetière a retrouvé ses couleurs. Des bouquets de fleurs ornent les tombes. On voit aussi des cadres avec des roses en porcelaine et des maximes inscrites en lettres vives sous plexiglas. Nous sillonnons le cimetière en suivant le sentier de gravier. Nous approchons de la tombe aux papillons. Les ballons ont disparu ! Il n'y a plus le moindre ruban non plus !

Tilly explose de joie. Elle me prend les deux mains, entonne à tue-tête la chanson « *Turlututu chapeau pointu* » et se lance dans une ronde folle. Ses tresses fouettent l'air et ses fruits en plastique cliquètent joyeusement sur son tee-shirt.

— Ça a marché ! chante-t-elle joyeusement. Ça a marché ! Ta maman est au ciel !

Elle me lâche un instant pour tirer mon père par le bras. Je n'en crois pas mes yeux. Le balourd se laisse entraîner dans la danse. J'entends un éclat de rire dans mon coin secret. Je lève les jambes le plus haut possible. Mon père chante « *Turlututu chapeau pointu* » à pleins poumons avec Tilly.

Quand la tête nous tourne, nous nous laissons tomber tout essoufflés sur la petite pelouse qui jouxte la tombe de ma mère. Tilly montre des nuages moutonnants dans le ciel. Mon père et moi, nous levons le nez.

— Le paradis est juste derrière ! dit-elle.

Je ne demande pas à mon père s'il a enlevé les ballons. Je ne regarde même pas dans la poubelle près de la grille. J'accepte le bénéfice du doute…

Sur le chemin du retour, nous prenons des croissants à la boulangerie.

— Nous avons quelque chose à fêter ! dit mon père en riant.

— Oui, ajoute Tilly. Ce soir, on fait la nouba ! Tous les voisins qui m'ont cherchée hier sont invités à manger un morceau de tarte ! Mais maintenant, nous allons déguster des croissants parce que la maman de Thomas est au paradis !

La boulangère met les croissants dans un sachet. Elle se dépêche de faire l'addition et nous regarde partir d'un air désapprobateur.

Avant de nous laisser nous jeter sur les croissants, mon père veut nous montrer quelque chose. Il se dirige vers son chevalet. Il a peint la tombe de ma mère avec les ballons. À côté, il y a un chariot et, dans le chariot, une petite fille aux yeux bridés avec deux tresses. Tilly met la main devant sa bouche, stupéfaite.

— C'est moi ! hurle-t-elle. Avec mon chariot !

— Tu trouves ça joli ? demande mon père.

Tilly incline la tête pour mieux examiner le tableau.

— Très joli, répond-elle. Mais ma salopette doit être orange et il faut donner de plus belles couleurs aux ballons et à mon chariot.

— Tu as peut-être raison, marmonne mon père.

Il montre ensuite l'envers de la toile.

— Que penses-tu du titre ? me demande-t-il.

Je lis à haute voix : « *Le jour où j'ai rencontré Tilly* ».

— J'ai encore mieux, dis-je.

Tilly vient se poster près de moi et pose sa tête contre mon bras.

— « *Le jour où j'ai rencontré un ange* », dis-je.

— C'est bien aussi, marmonne mon père.

— Joli ! dit Tilly.

Dans la même collection :

1. Godfried Bomans, *Éric au pays des insectes*
2. Adeline Yzac, *L'enfant à la bouche de silence*
3. Jack London, *Construire un feu*
4. Nadine Michel & Yves Beauséjour, *Panique au Manoir* (Les enfants de Belle-Rive, tome 1)
5. Adeline Yzac, *Les trois rives du fleuve*
6. Nadine Michel & Yves Beauséjour, *L'île aux Liens* (Les enfants de Belle-Rive, tome 2)
7. Christophe Léon, *Nénuphar Grigrimaldit*
8. Brigitte Minne, *Le jour où j'ai rencontré un ange* (PRIX INCLUSION 2009)
9. Adeline Yzac, *Grand-Mère Tout Doucement*
10. Dominique Maes, *Mémoires d'un ours en peluche*
11. Nadine Michel & Yves Beauséjour, *33, chemin du Détour* (Les enfants de Belle-Rive, tome 3)
12. Judith Lazar & Roger Paré, *Les grandes personnes, le monde et moi*
13. Florence Jenner Metz, *Une souris verte et autres délires*
14. Anne-Laure Boselli, *C'est arrivé à Lucile*
15. Ulrich Hub, *L'Arche part à 8 heures* (PRIX TAM-TAM J'AIME LIRE 2008 ET PRIX SORCIÈRES 2009)
16. Gwendoline Raisson, *Henri Trotteur héros de roman*
17. Blandine Gérard, *Dans l'ombre de ma sœur*
18. Florence Jenner Metz, *Les aventures de Mister Bulok*
19. Béatrice Hammer, *Superchouchoute*
20. Tom Kelly, *Moi et Finn*
21. Serge Rubin, *Il n'y a pas que les shérifs qui portent une étoile*
22. Béatrice Hammer, *Miss Catastrophe*
23. Vinciane Born, *Oufti et le roi de Houtsiplou*

Cycle « Thomas Passe-Mondes », par Éric Tasset *:*

1. *Dardéa*
2. *Hyksos*
3. *Colossea*